流水·行舟

蔡遥炘　著

南方出版传媒
广东人民出版社
·广州·

图书在版编目（CIP）数据

流水·行舟／蔡遥炘著. —广州：广东人民出版社，2016. 3（2023.1重印）

ISBN 9787-218-10741-7

Ⅰ.①流… Ⅱ.①蔡… Ⅲ.①散文集－中国－当代 Ⅳ.①I267

中国版本图书馆 CIP 数据核字（2016）第 028810 号

Liushui Xingzhou

流水·行舟

蔡遥炘 著

出 版 人： 肖风华

责任编辑： 宁 南

责任技编： 吴彦斌 周星奎

装帧设计： 邦 邦

出版发行： 广东人民出版社

地 址： 广州市大沙头四马路 10 号（邮政编码：510199）

电 话：（020）85716809(总编室)

传 真：（020）83289585

网 址： http://www.gdpph.com

印 刷： 永清县晔盛亚胶印有限公司

开 本： 880mm×1230mm 1/32

印 张： 6.375 **插 页：** 2 **字 数：** 155 千

版 次： 2016年3月第1版

印 次： 2023年1月第2次印刷

定 价： 35.00 元

目 录

敬业成就辉煌一切（代序）

——读蔡遥炘新著《流水·行舟》

岑　桑

与蔡遥炘同志相识十有余年，每年都有多次见面，应该说是老朋友了，他给我最鲜明印象是对自己所担当任务的专注和热爱。每次见面，当谈到他正在从事或正在策划的工作时，我都感觉到他对工作的灼热情怀和衷情投入。令我为之感动。

这十多年来，遥炘作为镇党委的宣传委员，一直坚守在自己的岗位上，分管宣教文体方面的工作。这个历史时段，正是遥炘工作所在的顺德区乐从镇脱胎换骨，从一个全区中的后进单位一跃而成为区内工商业俱列前茅的强镇。这些年来，乐从文化事业的发展与经济发展是同步的。乐从是我的故乡，每一次回到故乡，我都亲切地感受到它层出不穷的变化。且不说它日新月异的面貌了，也且不说老百姓日益愉悦的生活了，就文体事业而言，乐从这些年来的大跨度发展也是有目共睹的。十多年来我应邀回去参加各种文化教育活动不知凡几，真为家乡屡展新颜的文化建设和日渐浓郁的文化氛围深感欣慰。乐从令我印象特别深刻的，是一些具有革命性的行政举措。以我的出生地葛岸村为例：葛岸相传是古代医学家、化学家葛洪曾经到过并且在此炼丹济世的地方，千百年来，村民敬奉葛洪如神明，将葛洪尊称为“葛仙翁”。被神化了的葛洪历代备受村民顶礼膜拜，祈愿求福，成为一种不折不扣的迷信活动了。在遥炘的倡议、支持和帮助下，葛岸村党支部和村委会发动群众，有钱出钱，有力出力，很快就在村中建成“葛洪纪念馆”和“葛洪纪念公园”，宣传葛洪的生平事迹，使葛洪离开了神坛，从“菩萨”的身份合理地回归人间，成为人们景仰和学习的楷模。农历每年三月廿四这一天，是葛岸村的一个不知始于何时，也无人说得明白这是为了庆祝什么而举行的盛大传统节日，长期以来，人们都只把这个节日称为“三月廿四”。小时候在乡下，最高兴的日子除了过年便数“三月廿四”了。到了这一天，家家户户求神拜佛，村子里舞狮舞龙，锣鼓喧天；还有霓裳飘色，菩萨游村，热闹非常。当然，这也是一种不值得保留的迷信活动。但这是一个深入人心的传统节日，若然遽加禁止，则失之粗暴；只应予以引导。也是在遥炘的倡议、支持和帮助下，葛岸村党支部和村委会积极行动，从2012年起将“三月廿四”定名为“葛洪文化节”，使纪念葛洪成为“三月廿四”喜庆活动的主题。这一大刀阔斧的举措，使一个深具迷信色彩的民间传统节日蜕变为饶有积极意义的节日了。数年来，“葛洪文化节”在乐从镇党委的引导下，内容不断丰富，规模也续有扩大，这显然是一次很值得肯定和推广的、十分成功的移风易俗试验。

《流水·行舟》是遥炘的一部新著。这个集子由三部分组成：卷一《龙行天下》，是乐从龙舟队多年来参与国内外十余次重要赛事的征战记述。一篇篇生动活泼的文字，记录了这支四出征战的龙舟队的竞赛过程及其赫赫战绩。那些朴素率真的文字竟是如此热气腾腾，展现了作为龙舟队领队的作者自己那份灼灼情怀。赛前的思虑，竞赛过程中的焦灼，胜利后的愉悦，活脱脱地透现了曾经为这支战绩辉煌的龙舟队付出过大量心血的领队满腔激情。读着这些记述，使人觉得记述者不仅是在岸上观赛事的那位领队，仿佛同时还是在龙舟上奋力划桨挥汗如雨的划手们当中的一员。

他真个倾情投入了！遥炘是为发展乐从的龙舟事业作出过重要贡献的。对于作为乐从文体事业中重要一环的龙舟事业，遥炘真可谓殚精竭虑了！从筹建乐从的龙舟培训基地，到组建乐从龙舟基干队伍，规划龙舟队的训练方案，他都责无旁贷，亲力亲为；对龙舟队队员们的福利待遇、食宿起居，他都关怀备至。遥炘不止一次领我参观他苦心经营的乐从龙舟队培训基地，向我娓娓而谈基地如何从无到有、白手起家的艰辛历程；龙舟队如何南征北战、硕果累累；今后又将如何再接再厉，跃上新的台阶……可以看得出来，他是满心欣慰、满怀深情地向我作那许多介绍的。乐从龙舟队所取得的辉煌业绩，主要是众多队员奋力拼搏的结果，也是教练们教导有方的结果；当然还应该为这支队伍的创建者、领导者和呵护者记上一功。遥炘的敬业精神，无疑也是成就乐从龙舟队辉煌不容置疑的因素之一。这位敬业者当然应该开怀享受自己呵护成长的队伍凯旋的喜悦。

集子中的卷二《四季心语》是散文随笔，作者以清纯秀美的文字展露自己堪与如此文字相交融的精神境界。我想，敬业者的精神境界是理应如此的。因为人到了以事业为皈依的时候，俗念就跟着变得稀淡，名利于他如浮云了；因为他可以从自己事业的成果以及那些成果的社会效益中得到巨额的精神回报，那些高贵的精神回报，使财富和权势的世俗虚荣显得渺不足道了。

集子的最后一卷《顺德思维的长短板》是遥炘的议论文章，他侃侃而谈，谈乐从家具业、佛山新城与乐从合并的愿景分析；谈顺德城市的转型升级、顺德行政体制的战略目标、顺德新一轮开放战略，视野开阔，议论风生，言之有物，立论有据，足见作者虽局处一隅十有余年，但眼界并没有受到障碍。敬业精神促使他勤奋学习、深入调研、认真思考，《顺德思维的长短板》朗朗然展现了这位敬业者的情怀。

党的十八大提出了二十四字的“核心价值观”。价值观，我的理解是人们认为具有最高价值，因而对之崇尚和追求的事物或境界。我们的“核心价值观”是富强、民主、文明、和谐（这四者是对国家而言的），自由、平等、公正、法治（这四者是对社会而言的），爱国、敬业、诚信、友善（这四者是对个人而言的）。党的十八大把“敬业”列入“核心价值观”中的一项，号召人人对之崇尚、追求并为之践行，意义重大。因为只有敬业方能成就一切；只有敬业方能成就辉煌。早些时候，中央电视台新闻频道播出系列纪录片《大国工匠》，宣传多位普通劳动者兢兢业业，通过各自的不懈努力，艰苦磨炼，打造出了许多国之大器所必需的部件，发人深省。片子播放过程中有八个字旁白：“一念执着，一生坚守。”这八个字，可以说是对“敬业”这个词儿精当不过的诠释了。苟能人人一念执着，一生坚守，我中华民族将无坚不摧，无远弗届。辉煌的“中国梦”需要全党全民一起发扬敬业精神，践行“一念执着，一生坚守”来加速成全。

敬业精神万岁！

第一辑　龙行天下

龙舟健儿　　　　蔡浩强 摄

仙湖决战

——2012 年顺德乐从龙舟队南海仙湖决战小记

2012 年 12 月 15—16 日在广东南海丹灶仙湖举办的中华龙舟大赛总决赛，是今年中华龙舟大赛的终极战，也是国家级层面组织的最后一场龙舟大赛，自然备受瞩目。

近十年来，实事求是地说，南海区在发展群众文化体育事业，尤其在提升传统龙舟、武术、龙狮等运动方面，可谓不遗余力，卓有成效。他们的区领导身体力行，文体部门领导有方，出钱、出力、出政策，带动了九江、西樵、丹灶等镇街推进和落实这些项目，得到了中联、星河湾、蒙娜丽莎等企业的支持和赞助，使西樵的龙狮、武术，九江的龙舟等传统运动项目，一直享有盛誉。

自本届亚运会九江龙舟队代表国家出战失利后，九江龙舟发生巨变，人员四散，实力下降，原来在九江建立中国龙舟示范基地的计划，也被搁置下来。直到南海争取在丹灶举办这次赛事，一个重振南海龙舟的宏图，才真正得以落实。可以看出，南海把龙舟发展的重点，放在了丹灶！这从国家龙舟示范基地放在丹灶，以及花一千多万举办这次赛事，就可以证实。南海传统文化项目的发展计划和大手笔举办活动的举措，值得顺德区学习借鉴。

丹灶，据说是因为很久以前活跃于岭南的道学家葛洪曾在此炼丹，留下灶座，故称丹灶。而处于山林村落之间的仙湖，也应该是寄托了得道成仙的愿望，故称仙湖吧。在周边未有大规模房地产开发前，我也数次来过仙湖岸边的小餐厅，望着碧绿的湖水和对岸葱茏的林木，遐想联翩。

数年前听朋友说，丹灶每年都举办文化节，重头戏就是龙舟赛。以我对那边的地形湖形的了解，举办大规模的龙舟赛事并不太合适。所以，知道在仙湖举办中华龙舟大赛，感觉这件事难度不小，投入很大。正式比赛前我们曾到过现场，果真如此。由于仙湖岸边深度不够，赛道只能设置在湖中央，主办方在水上南北走向相隔100多米架设两条达500多米长的栈台，中间形成赛道。但这样，却使到主席台乃至岸边的观众，都离赛道很远，难以看清。主办方唯有在湖中和岸边架起两个大屏幕，以方便观看。

温州之战后，顺德队进行了认真的总结，反思了存在的问题，克服了松懈轻敌的思想，并进行了封闭训练。12月11日下午，他们就出发进驻仙湖赛场。

比赛前，持续了一段时间的雨冻天气却出现回暖，温度有23℃左右，阳光和煦，十分适合比赛。

12月15日上午，进行200米和500米直道竞速的预赛。作为大赛的主办方南海区，为办好本次比赛，花费大量的人力物力；同时，他们为参赛的九江、丹灶两支队伍，做了大幅度的调整充实，并进行长时间的训练。有小道消息传出，说南海队如击败顺德队夺冠，区、镇两级将给予巨奖。经分析，我队的策略还是不为所动，全力以赴！

200米预赛，我队在第三组，同组有贵州麻江队、宜春队、香港队。200米是我队强项。发令枪响，我队以一轮快桨，便迅速领前，同组的麻江队也没有穷追。一瞬间，我队便率先冲线，成绩40.027秒，列预赛第一。而第二组的九江队成绩为40.523秒，列第二。第一组丹灶队的成绩为41.313秒，列第三。这样，200米的争夺，就在南海、顺德之间进行。

紧接着进行500米预赛。我队在第二组，同组有贵州麻江队以及宜春队、乐清队。温州之战表明，麻江队在500米项目下了真功夫，他们的实力，已不在顺德队之下。他们有技术，年轻，耐力强；我队也有技术，经验足，爆发力强，但年纪偏大，体能恢复较慢。两队堪称伯仲。预赛开始了，发令枪响，我队强劲出击，率先领前。麻江队也深桨齐桡，紧紧追赶。但由于我队在第1航道，麻江队在第3航道，因此没有出现彼此“拖水”现象。我队士气高昂，一直保持强劲的节奏顺利率先冲线，成绩1分48.7秒；麻江队1分49.2秒；九江队和丹灶队，都是1分52秒。这样，500米预赛，我队也是以第一的成绩，直接进入决赛。对这样的结果，我们也挺满意，希望16日的决赛，顺风顺水！

由于16日决赛由央视直播，但又要兼顾稍后的NBA直播，所以开幕式及决赛的时间，被提前到早上8点。16日早上6点30分起床，打开窗口，看见外面雾色茫茫，心里掠过一丝担忧，这样的天气会影响比赛的。7点30分到达赛场，那里已是彩旗飘飘，人潮如涌。我们直奔营地与队员们会合。他们心情轻松，整装待发。营地离主席台隔了半个湖，此时湖面仍然雾霭缭绕，看不清主席台那里的动静，只听见扩音器的声音。8点多仪式开始，主持人介绍，领导讲话，宣布开幕，接着礼炮冲天！

过后，200米半决赛开始了。我队与丹灶队在第一组；九江队和麻江队在第二组。一番较量后，我队以40.38秒，九江队以40.92秒，丹灶队以41.55秒，麻江队以42.66秒，携手进入决赛。

9时多，随着太阳升起，湖面的雾气渐渐散去，而场面上的气氛，却渐渐紧张起来。

200米决赛开始了。我队在第1航道，丹灶队在第2航道，麻江队在第3航道，九江队在第4航道。发令枪响，我队奋勇突出，一轮极速快桨，拉开了距离，之后越划越快，以强劲的状态冲线，成绩 39.79 秒。这个成绩打破了今年龙舟大赛该项目的记录。事实上，很少队伍能达到 40 秒以内的水平。而九江队以 42.61 秒夺得第二，麻江队以 42.98 秒夺得第三，丹灶队以 44.52 秒夺得第四。

我们又一次代表顺德队，站在 200 米冠军领奖台上，接受奖杯、证书和鲜花。

但是，热情洋溢的音乐声刚刚停止，裁判员紧张的呼叫即刻改变了场面的气氛。500 米半决赛开始了。因为昨天预赛的成绩领先，我们想今天的半决赛应该还会顺利吧。半决赛我队在第二组第 2 航道，老对手麻江队在旁边的第 3 航道，真是冤家路窄！发令枪响，我队一马当先，麻江队紧紧跟进，始终保持在 2 米内，200 米后，麻江队开始赶超，两队展开激烈的冲线战，最后麻江队以 1 分 51.54 秒获得半决赛第一，我队以 1 分 51.94 秒，仅 0.4 秒之差，输给麻江队得第二，丹灶队以 1 分 54.8 秒得第三，九江队发挥失准，以 1 分 56 秒得第五，以 1 秒之差输给汕尾队，无缘决赛。

从最近的比赛可以看出，麻江队早已将我队研究透彻，并有一套技术和策略。他们学习了印尼、缅甸等队的深桨划法，再用“紧跟—超越”战术，先是利用我队领先带动的水流，紧紧跟进，中段深桨控制节奏保留体力，末段拼命赶超。事实上，他们这一招屡试不爽。半决赛以致后来的决赛，他们都将之用到了极致！

500 米决赛，汕尾仁荣队在第 1 航道，丹灶队在第 2 航道，麻江队在第 3 航道，顺德队在第 4 航道。神差鬼使，麻江队又一次排在顺德队旁边。决赛的过程，几乎是半决赛的翻版。麻江队以 1 分 50.26 秒获得 500 米冠军，顺德队以 1 分 50.75 秒夺得亚军，也是相差 0.4 秒多！丹灶队以 1 分 51.72 秒夺得第三，仁荣队以 1

分56.66秒夺得第四，九江队则掉到第八名。

当然，两项成绩合计，我队还是总成绩第一。

仙湖决战，既是2012年中华龙舟大赛的收官之战，其实也显示了明年中国龙舟运动的走向。

可以预见，由于今年中华龙舟大赛各站比赛的成功举办和央视的直播，将极大地促进中国龙舟运动的发展。国家层面将进一步推动龙舟的规范化、标准化和产业化，而各地方政府将进一步重视和促进龙舟运动，加强队伍建设，完善各种设施，争取举办赛事，扩大自身的影响力。未来一场蓬蓬勃勃的龙舟运动，将在中华大地上演。

而作为龙舟运动发展领先地区的顺德，其主要的优势在于有深厚的历史底蕴和始终有一大批热爱龙舟运动的广大群众，因此，适当组织训练即可参赛拿奖。但是，在目前的形势下，这种做法已不能适应发展要求了。去年以来，我们以创新改革精神建立了政府主导、社会参与的俱乐部管理体制，以职业化方式组建了新型的龙舟队，这支队伍在严格的管理和优异的技术训练下，迅速崛起领先，今年内纵横四海，难逢敌手。但是，一年来，各地迅速发展的龙舟运动，也促进各支队伍的成长，如江苏武进队、汕尾仁荣队、南海九江队，尤其是后两站500米项目两次击败顺德队的贵州麻江队。这支原来名不见经传的队伍，自下半年从崭露头角到声名鹊起，靠的不是一味跟着顺德队后面模仿，相反，他们是针对顺德队的弱点，改革创新了自己的划法和战术，最后获得胜利。

事实证明，逆水行舟，不进则退。顺德队在今年结束大赛后，即将进入一个队伍的调整期，并在今冬明春，进一步完善自己的划法和技战术，争取明年的龙抬头日，打响头炮。

因此，总的来说，从今年的发展说明，中国龙舟运动，已由自发性的群众运动，逐渐变成常规性的专业运动，对此，我们要有足够的认识并有所行动！

而从全区的角度而言，有关方面需要深化对龙舟发展态势的认识，创新思维，完善投入机制，加强场地建设，推动各镇街形成龙舟发展浪潮，进一步提升龙舟队伍的竞技水平，适当举办大型赛事，使龙舟运动沿着标准化和群众性两条路线同时发展，从而提升顺德龙舟运动的发展水平和发展后劲，继续引领全国各地龙舟运动向前发展！

顺德乐从

2012 年 12 月 17 日

乐从，以龙舟缔造历史

——2012 年顺德乐从龙舟队征战纪实

2012 年 6 月 23 日下午 16 时，江苏无锡机场。

我们几名工作人员正在按次序登上从无锡飞广州的深航 ZH9551 号航班。在如贯进入机舱的通道上，遇见已经登机的顺德乐从家具龙舟队员，他们不约而同兴高采烈地同我打招呼：“领导，怎么不坐在前面啊?”我也兴高采烈地说：“给你们当后勤，

2012 年中国龙舟公开赛总决赛，广东顺德龙舟俱乐部乐从家具龙舟队称雄，夺得团体总分第一。(乐从镇体育总会摄)

2010年3月30日，顺德龙舟俱乐部暨乐从训练基地成立。（乐从镇体育总会摄）

当然要坐后面啦！”从他们满怀喜悦的表情和轻松的玩笑，我深深感受到他们正享受着今天比赛胜利的巨大喜悦。的确，今天我们乐从家具龙舟队的胜利意义重大，影响深远。

其实，选择在中国传统的端午节举办中华龙舟大赛，不言而喻要比别的赛事更具历史文化的意义。而中央电视台1台和5台的联合直播更是史无前例。我们的胜利尽管没有超出外界的估计，但我们的胜利的确是来之不易。外界赞许这是一支“王者之师”，而从目前的实力而言，我们这支队伍也许正处在巅峰时刻。回顾去年端午节在江阴月城崭露头角到今天在同一地点的威风八面，一年的历程，短暂而极不平凡。一年间，我们乐从用龙舟缔造了中国龙舟运动的辉煌历史。

回首往事点点滴滴，历历在目，此时此刻都成为珍贵的历史。

一、月城试水

2011 年 4 月的某一天，我的两位同事找我研究工作，负责体育工作的是刚从教育局调过去的同事劳剑辉，他有一个显赫的外号叫“特首”。在谈完龙舟基地建设的问题后，他们谈到有一个教练和其手下一支以本地人为主的队伍，想争取政府的支持参加刚兴办的中华龙舟大赛。而此时我们俱乐部正准备组织龙舟队。出于对文化体育事业的开放态度和对这位教练的好奇，我决定与他见面，地点就在乐从镇政府餐厅二楼。交谈中，这位教练表达了为家乡顺德龙舟发展出力的愿望，他说在外面打拼了多年，获奖不少，但基本上是为人作嫁，很想有机会为顺德出力争光。教练恳切的态度和他谦和的微笑给我留下良好的印象。见面后我们决定同意他们以“乐从体育总会龙舟队”的名义出战，如果获胜我们将给奖励。2011 年端午节在江阴月城站的中华龙舟大赛，他和他的队伍一战成名。他的名字叫潘广德。他的队伍，就是后来的顺德乐从龙舟队。

二、漳州畅游

2011 年深秋，顺德乐从龙舟队参加中华龙舟大赛漳州站比赛。而此前，我们已基本完成了龙舟俱乐部的架构和组织建设，也明确了发展方向。

多年以来，顺德龙舟运动的发展，一直是“让人欢喜让人忧”！欢喜的是她悠久的历史和深厚的群众基础，这个运动一呼百应；忧的是其庞大的开支如何支撑，以及如何由一般性的民俗活动提升为一种竞技性运动。钱，是问题的根本！顺德龙舟队由 20

2011 年中华龙舟大赛漳州站，顺德乐从龙舟队首战国内顶级赛事包揽 3 冠。图为 12 月 21 日龙舟俱乐部在乐从镇政府举行庆功会。（乐从镇体育总会摄）

世纪 80 年代风云一时到 1998 年解散，其直接的原因是经费问题。2010 年顺德区和乐从镇两级政府共建龙舟俱乐部，展现的是发展和振兴龙舟的决心，但发展的路径和模式还在探索阶段。面前有两种选择：一是政府包揽，但前车可鉴；二是企业运营，但九江的经验值得思考。因为由一个企业支撑一支龙舟队，是难以长久的。这样思考的结果，其选择的方向就不言而喻：政府主导、企业参与、社会支持！当这个模式成为龙舟俱乐部的发展方向时，其他管理问题，包括队伍的职业化管理，企业化运营就顺理成章了。这样，一种新的龙舟发展和管理模式基本成型，一支新型的龙舟队伍也应运而生！

中华龙舟大赛漳州站的比赛现场，安排在花博园内一条宽阔的河道上，周围山峦叠翠，景色优美。不过，主办方的安排不尽合理，他们把主席台和观众分隔在河道两边，对面主席台装饰豪华但人气冷清，这边大量观众无序地散坐在河堤上，场面很别扭。我们也是散坐在河堤的草地上。我在想，怎么过去领奖呢？

本站参赛队伍中，主要是南方省份的队伍，其中又以广东为主。而有能力跟我队叫板的，还是老对手九江队。不过，比赛的结果，他们除了在200米项目有些威胁外，500米项目我们以较大优势胜出。其实到漳州站比赛，夺冠是意料之中的，意料之外的是，我们见识了中央电视台及相关媒体的强大阵容，以及所产生的广泛而巨大的影响力。领奖时主办方专门派出小艇接我们过河。站在领奖台上，我们都不知所措，一时不分正面背面。参加完颁奖和采访后，一种全新的感觉和念头划过脑际：媒体，不正是我们推进龙舟社会化、产业化的强大动力吗！我们可以通过媒体的力量，吸引更多的企业和社会资源支持龙舟事业的发展。于是，我们把这个想法从2011年带入2012年，在这个龙年里，乐从龙舟队，挑起了媒体和企业的两端，开创了龙舟事业的新途径。

三、万宁抬头

二月初二龙抬头。2012年中华龙舟大赛的第一站选在海南万宁，时间是农历二月初二。由于是第一场比赛，我们必须开一个好头。除了确保队伍的胜利以保持士气，重要的是启动社会企业对龙舟队的财力支持。为此，我们做了周密部署，除了抓好队伍的训练，我们还谈妥了乐从一个著名的服装品牌企业——浪登服装有限公司，出资十万元冠名赞助比赛，另外还邀请了一帮企业家到现场观战，以培养他们的兴趣，挖掘企业的潜力。当然，他们都饶有兴致地参加了。

万宁位于海南的东南海岸线上，赛场设于由几个海岛围成的海湾中间，海蓝沙白，爽心悦目。不过，所在的集镇还比较落后。由于警方设置了警戒线，我们下车后还要步行两公里才到现场，那里彩旗飘飘，热闹非凡。赛事还是200米和500米，有威胁的还是九江队的200米项目。最终乐从浪登队还是以全胜的战绩登上领奖台。镇委麦连桐书记、我和浪登的邓剑洪老板三人联袂登上领奖台的场面，通过中央电视台瞬间传遍国内，也极大地振奋了顺德家乡父老的信心。万宁抬头，也使得社会各界越来越关心和支持顺德龙舟运动，更多的企业跃跃欲试，他们看到了龙舟运动其中的影响力和商机。

四、鄱阳掠湖

2012年中华龙舟大赛的第二站选在江西鄱阳湖，那里湖区广阔，沃野千里，文化历史底蕴深厚。不过，经济社会不算发达，当地政府也想通过这样的活动扩大地方影响力。

万宁赛事后，有更多的企业关注和支持龙舟事业，其中又以

2012年中华龙舟大赛之“鄱阳掠湖”。(乐从镇体育总会摄)

乐从家具城商会反应最热。经过双方商谈，商会以100万元赞助乐从龙舟队参加国家级赛事十场，队名冠名为：乐从家具龙舟队。从参加鄱阳湖站的比赛开始，本队就叫乐从家具龙舟队。我们邀请了该会一名副会长和秘书长一同观赛。

赛场设在鄱阳县的一个湖区。由于当地接待能力差，我们一行人住在南昌市区，离赛区有200公里。因为早上八点半就要进行200米比赛并随后颁奖，我们早上五点半就出发了，但由于雨天雾大，车速不快。我们到达赛区封锁线时，离颁奖还有十几分钟。我们当机立断，登上了已经启动的巴士。到达第二道封锁线时，我又叫跑得最快的三个人：商会秘书长蔡志兵、职校校长梁泽洪和体育股长劳剑辉，以最快速度跑往会场。当他们气喘吁吁赶到时，央视主持人正点名呼叫乐从家具队上台领奖。当他们三人齐齐站上领奖台时，绽放的笑容通过大屏幕传遍会场内外，也通过央视直播传遍全国。

2012年5月14日顺德龙舟俱乐部冠名签约仪式。（乐从镇体育总会摄）

鄱阳湖站的赛事，参赛各队发生了明显的变化。原来一直紧追在后的九江队掉下去了，而江苏太湖湾队迅速冒起，并在500米项目对我队构成威胁，我们的优势仅仅领先0.5秒。这个对手年轻而有活力，正引起我们的高度重视。

五、月城折桂

时间又转到2012年的端午节了，地点又是江苏月城。这是我们乐从龙舟发端的地方。一年之后，能否成为乐从龙舟再领风骚之地呢？

此时，经历过上半年万宁、鄱阳湖两站的比赛，龙舟队内外都出现了一些变化：内部而言，队伍年龄偏大导致体能问题越加突出，连续的胜利也使部分队员产生飘然的心理；外部而言，华东地区和广东地区都在大力发展龙舟运动，可以推想，龙舟队之间的竞争将日益激烈。

在这种情势下，我们采取了一些措施：首先是强化了队伍的管理，包括进一步规范内部的奖励制度，引导队员们树立正确的思想和长远的眼光，使队伍更加稳定；其次是加快队伍的年轻化，除了培养职校少年队，还准备选拔一批青年后备队伍以充实更替成年队；还有就是在乐从镇举办村际标准龙舟争霸赛，此举既活跃了村级的龙舟文化，强化了标准龙舟赛的社会基础，还有利于选拔和培养年轻人才。村际赛的消息一发布，犹如一石激起千层浪，社会反应异常热烈。我镇新兴的钢材企业巨舰——广东乐从钢铁世界一掷万金，出资近100万元购买了24只标准龙舟送给各村居委会，保证了赛事的顺利进行。雅居乐房产公司也反应热烈，主动提出出资40万元冠名赞助赛事。乐从正掀起龙舟运动的社会热潮，为龙舟队前进形成强大合力。

2012 年中华龙舟大赛之月城折桂。（乐从镇体育总会摄）

2012 年 6 月 23 日，龙年端午节，江苏月城。乐从家具龙舟队以一种新的姿态参加比赛。由于 22 日已完成了预赛，我队以第一名参加 23 日的决赛。我们的目光，都紧紧地盯着江苏太湖湾队和在预赛中表现突出的本地的协统队。果然，200 米赛事中，我队仅以 0. 3 秒战胜太湖湾队！500 米的赛事，也领先不到 2 秒。而广东汕尾仁荣队，也战胜协统队获得第三名。此次比赛，尽管有惊有险，但我们还是以全胜的战绩赢得冠军。

江苏月城，从 2011 年端午节的成功试水到 2012 年端午节的大获全胜，乐从龙舟队为中国龙舟事业缔造了一段辉煌的历史。我们的龙舟健儿，值得赞许！

6 月 27 日，我们在乐从举行了庆功会，除了对队员们奖励鼓励外，更多的是向他们提出希望和要求。因为 7 月初，我队将代表国家队参加香港的世界赛，9月将代表国家出战韩国的亚洲赛。我们将与外国强队一较高下。我们只有继续努力，强化训练，提高水平，才能冲出世界，为国争光。

最后我以毛泽东的诗词名句共勉：“雄关漫道真如铁，而今迈步从头越！”

顺德乐从

2012年6月28日

2012 年顺德乐从龙舟队香港征战纪实

一、猛龙出海

在中国香港举办的世界第八届国际龙舟联合会世界俱乐部锦标赛，其实是一个世界龙舟活动的大 PARTY，是全世界数百支龙舟队，数千龙舟健儿、爱好者的大聚会大展示。当然，这个赛事也很有影响力。

第八届国际龙舟联合会世界俱乐部锦标赛，乐从家具龙舟队一举拿下三个冠军，是该队自 2011 年组队以来首次问鼎世界冠军。（乐从镇体育总会摄）

2012年7月4日中午，我们一行人，包括乐从镇委、相关部门领导以及乐从家具城商会会长吴长显等各大发展商代表近20人，乘坐“顺水号”双体快船从顺德港到达香港。此行的目的，当然是为我们顺德乐从家具龙舟队鼓劲加油。在此之前，吴会长已放出豪言，如能夺冠，则奖励一大笔奖金。

为方便观赛，我们把居住的酒店，定在离赛场百米之内，从就餐的酒楼，就可以直接看到赛场的赛道。看到这些大老板们那种雀跃投入，我内心非常感慨：平时开会也难得把他们召集整齐，而一场龙舟赛事，即使远在香港，也能把他们紧紧拴在一起，这就是龙舟的魅力！

午饭后我们稍事休息，下午4点钟集中出发，前往赛场。

赛场设置在香港尖东的海旁，主入口处搭起一个巨大的牌坊，上面写着：香港龙舟嘉年华。海旁的栏杆上竖起五颜六色的彩旗，都是那些赞助商的商号。最瞩目的当是那十几艘连在一起的巨大的趸船，把海旁的海面围成一大圈，作为赛场。不过，最吸引我们眼球的，还是那些来自世界各地的男女龙舟队员们，他们身穿各色紧身衣裤，手里提着划桨，来来往往，匆匆忙忙，带出了比赛的氛围和展示了各国风情。

中国顺德龙舟俱乐部乐从家具龙舟队，参加了本赛事公开组的2000米、200米及500米全部赛事。公开组是整个赛事实力最强的组别，代表整个赛事的水平。从某种意义上而言，也是世界级的水平。

7月4日下午，我们参加2000米的环绕赛。这是我队参加的首个赛事。据我个人赛前的分析，2000米环绕赛是我队最有把握的比赛，理由是与国内队比较，我们拥有长距离的优势，这在国内的多次比赛中已经得到证明；与外国队比较，我们有技术的优势，尤其在转弯的技术上。所以我决定组织领导和商家们观看2000米赛事，既是为了迎接“开门红”，也是把握性最大的一场赛事。

第八届国际龙舟联合会世界俱乐部锦标赛。（乐从镇体育总会摄）

2000 米的环绕赛，直接就是决赛。我队排在 5 号位置，前面有中国香港、菲律宾等 4 支队。中国九江队则排在 10 号位。运气还不算太差。据教练说，最担心的是前面的队水平太差，堵塞航道，我们难以超越。况且相隔 12 秒出发，时间也太短。

比赛在下午 5 点多正式开始，中国香港队先出发，后几支也按时出发。到中国顺德队甫一出发，整个气势就截然不同，深桨齐桡甩出一大片水花，高速的桨频使龙舟如猛龙出海，势不可当，很快就追近前面的龙舟。可是，正如我们所担心的，前面的龙舟堵住航道，中国顺德队只好尾随其后，等待时机。机会出现在首个弯道上。中国顺德队看准时机，几乎是贴着 4 号艇从内弯追上去，不久就超越了 4 号艇，并追近了前面的三只。到第一圈差不多完成时，中国顺德队艺高胆大，继续从内弯赶超，与前面两只艇几乎并排转弯，并被前艇一度逼入红圈（后来为此罚加 2 秒），凭着体力和气魄，中国顺德队终于突出重围，甩掉 2、3 号艇，前面剩下 1 号艇了！“加油，加油，顺德队！”场上响起一片呐喊欢呼声。在最后一个弯道，中国顺德队不负众望，超越了 1 号艇。在剩下的直道，中国顺德队越划越快，遥遥领先于其他龙舟，在一片欢呼声中，直冲终点。2000 米冠军，中国顺德队！亚军捷克队，季军中国九江队。

领奖台搭在中国香港新世界洲际酒店的首层花园平台上，与内地颁奖礼不同，这里颁奖是一大帮人上去领奖的，有领队、教练、队员，好不热闹。所以到颁冠军队时，我们的领导、商家、队员一起蜂拥而上，接奖杯，挂奖牌，摆甫士，影靓相，大家叫啊跳啊，表现出无尽的欢乐！

晚饭设在西九龙填海区一处叫天玺酒楼的豪华餐厅，除吴会长外，罗浮宫家具博览中心的黎老板、团亿国际家具集团的何老板、皇朝家具的岑总经理、顺联国际的陈总经理如数出席，平时很注意爱惜身体的商界精英们放开酒量，豪气干云，他们对龙舟队取得的胜利亢奋不已，更重要的是他们放言再投巨资，为龙舟事业大干一场。

香港

2012 年 7 月 5 日

第八届国际龙舟联合会世界俱乐部锦标赛200 米称王。（乐从镇体育总会摄）

二、200 米称王

2012 年 7 月 6 日，我队参加精英公开组 200 米比赛，这是赛事中距离最短的项目。

经过 7 月 4 日紧张激烈的 2000 米赛事，7 月 5 日我队无战事，全队休息。我们几个工作人员，也利用这难得的余暇，到香港南边的赤柱参观。香港的龙舟基地，一个在西贡，另一个在赤柱。距离我上次来赤柱，已是十几年前的 1998 年，那时我常驻香港工作。

赤柱沙滩不大，小巧而安静，两座小岛将海湾围成大半圆，所以风平浪静，非常适合龙舟和划艇运动。香港龙舟学校，就设在赤柱海边。据介绍，赤柱龙舟协会下属有 200 多支龙舟队，队员都是各行各业的人士业余参加。赤柱每年都举办龙舟比赛，费用由各支龙舟队分摊，大概每队要上交一两万元，获奖队伍没有奖金，只有纪念品。他们这种参赛模式，非常值得我们思考，但目前我们无法照搬。

7 月 6 日的 200 米直道竞速比赛，我队所在的公开组从中午起进行预赛。女子队和男子小龙舟的 200 米赛事，与我组赛事交替进行。预赛我队排在第 4 组第 3 航道。一般而言，第 3、4、5 航道都是成绩最好的队。

发令枪声响过，我队迅速起动，一开始就取得领先优势，之后一直把优势保持到终点。按照我队实力，进入决赛轻而易举。所以教练老说，200 米项目我们把握最大。预赛之后，要到下午 4 点多钟才举行半决赛。于是我们回酒店休息。

下午 3: 30，我们集中回到赛场，等待半决赛。但由于女子队和小龙舟赛事进展缓慢，所以差不多 5 点才进行半决赛。值得关注的是，中国九江队和我们同在第 3 组，两者将提前进行龙争虎斗。

发令枪响过，中国顺德队强力起动，中国九江队也奋力出击！不久，中国顺德队开始逐渐领前，越来越快，我们都在大声呐喊加油！可是，临近终点，中国顺德队却慢了下来，中国九江队在奋力追赶。幸好，最终我队还是以半个艇位的优势率先冲线。

当我们正在高兴之际，教练却气鼓鼓地走过来，说队员们不按教练意图比赛。我问缘由，他说如果我们队迟于中国九江队冲线，那么决赛时将分在第 7 航道，这样胜算更大。我说问题不大。我们再分析认为，如果速度拿捏不准，落得太后，反而可能连决赛资格都没有。

日落时分，维多利亚港两岸，余晖满天。200 米决赛开始了！参加决赛的前三支强队，中国顺德队在第 3 航道，捷克队在第 4 航道，中国九江队在第 5 航道。发令枪声响过，出发区骤然激起一大团水花，各队都在拼命了！中国顺德队似乎没能在起动时获得先机，反而是第 4、5 航道的艇冒了出来。到了 100 米区间，中国顺德队终于超前，越划越快，拉开了距离。岸边的观众，全部站起来喝彩呐喊。此时，捷克队也赶上来了。最终，中国顺德队最先冲线，捷克队排第 2，中国九江队排第 3。

我们不约而同地冲下观众席，情不自禁地互相击掌拥抱，庆祝胜利。之后冲向岸边，向我们的英雄龙舟健儿招手呐喊致意。中国顺德龙舟俱乐部乐从家具龙舟队，又一次凭着强大的实力和坚毅的意志，夺取了 200 米赛事的冠军。

香港

2012 年 7 月 7 日

三、500 米胜战与思考

2012 年 7 月 8 日，第八届世界龙舟俱乐部锦标赛最后一天，是 2012 年香港龙舟嘉年华的高潮，也是终极之战、王者之战的一天。她注定要精彩、激烈而残酷！

每次龙舟大赛，500 米决赛的成绩是最为重要的，基本上，谁赢得这项赛事冠军，谁就是最后的王者。7 月 8 日上演的，正是 500 米决赛。谁是王者？

从 7 月 4 日比赛开始到今天为止，参加本届龙舟大赛的各国队伍的实力都基本清楚了。亚洲队中，中国顺德男队和中国九江女队当属最强，菲律宾也较强，新加坡、中国香港相对弱一些。我们所担心的印尼、缅甸等东亚国家，都没来参加。欧美队中，最强的有捷克、加拿大、澳大利亚等队，而美国、英国、俄罗斯、南非等队就较差一些。

8 日举行的 500 米比赛，也是由小龙舟组、女子组和男子组之间交替进行。

中国顺德队的 500 米预赛，是在中午举行。我队分在第 4 组第 3 航道，同组的有南非、加拿大、美国和中国澳门、中国香港等队。从上述分析可知，我队出线应是毫无悬念的。事实上，发令枪响后，中国顺德队就一艇当先，由头带到落尾，以小组第一的资格直接进入半决赛。

见到预赛顺利，我们离席去吃午饭。

在 8 日大赛之前，坊间已传出消息，说今天比赛除了香港翡翠台直播，新当选的香港特首梁振英先生也将出席并颁奖。为此，我们又动员了乐从家具城商会会长再度赴港观赛。大老板的出现，自然带动了大家的气氛，好菜好酒，杯上杯下，豪言壮语，大家对我队已取得的胜利和即将到来的殊荣充满期待。

下午3点半，我们重新集中，再赴赛场。

经过预赛，共有18支队分成3组进行半决赛。我队分在第3组第5航道，同组有菲律宾、新加坡、澳大利亚、加拿大和捷克队。综合来看，18支进入半决赛的队伍中，菲律宾占2支，捷克占2支，澳大利亚占2支，新加坡占2支，加拿大占3支，中国除了顺德队外，还有就是分在第2组的中国九江队和中国香港队。

下午5点左右，半决赛开始了。经过角逐，第1组的菲律宾和捷克队出线。第2组比赛，我们都看好中国九江队。谁知比赛到了末段100米，中国九江队后继乏力，越划越慢，最后竟然被两支加拿大队超过，结果连最后决赛都进不了（中国九江队最后在小决赛中排第2名，500米成绩排第9名）。

时间到了第3组半决赛，我队在第5航道，左边是第6航道捷克队，右边是第4航道加拿大队。发令枪响时，几支队伍几乎应声而出，我队迅速领前。差不多到100米线，我队左侧的捷克队突然改变艇头，从侧面向我艇冲来，突然出现的场面令所有观众哗然，尾随的救生艇也立即加速，准备应对事故。在千钧一发之际，中国顺德队猛然发力，终于避开撞击，继续领前，顺利冲线。我们分析，捷克队此举应是有意而为，因为另一支最强的捷克队已经出线，这一支队假如撞沉我队，即可消除大敌，即使犯规也无所谓，因为规定不会重赛。

2012年7月8日下午6时许，在完成了500米小龙舟和女队决赛后，男子500米决赛准备开始了。这是本届龙舟大赛的最后一场赛事。上万名挤在维多利亚海旁的观众翘首以待，紧张地等待着终极决战的时刻。坐在我前面的一位女人也盯着出发点，一言不发。其实她已经说了一下午的话。她是捷克人，她的老公正是龙舟队员，此刻正在艇上，准备与我队死战！通过我方翻译得知，此次捷克队已经分别得了2000米和200米的亚军，他们极想得到这项500米的桂冠，因为他们正是上届冠军。

比赛开始的前一刻，出发点处已经摆开6支龙舟队，龙舟整装待发，远远看去像是6只伏在海面准备搏击的猛龙。在进入决赛的队伍中，菲律宾队在第1航道，加拿大队在第2航道，中国顺德队在第3航道，捷克队在第4航道，另一支加拿大队在第6航道。冤家路窄，捷克队又在我队左侧。时间在一秒一秒地过去，出发点还是没有动静。终于，又有一支队摆在第7航道，说是澳大利亚队。这样，参加决赛的共有7支队。

等待终于结束了。远远传来发令枪沉闷的响声，7只龙舟猛然出击，桨翼搏动，浪花四溅，岸上的万千观众，都在扯尽喉咙呐喊加油。很快，中国顺德队超前了，我的心跳也突然加快了，我们有希望了！然而，我们担心的事又一次出现，捷克队故伎重演，他们又一次摆侧艇头，向我艇靠过来，我的心又一凉，暗叫千万不要出事啊！幸好，他们没有撞过来，而我们却越划越快，很快就把他们抛离了。接着，加拿大队又超越了捷克队。最终，中国顺德队以几乎超前一只艇身的优势胜利冲线，成绩1分49秒，加拿大队1分52秒。全场沸腾了，我们跑出观众席，相互握手拥抱，庆祝胜利。在场所有的中国人都在欢呼，一些西方人也礼貌地向我们表示祝贺，但更多的西方人呆呆地瞪着赛场，不相信这是事实。

中国顺德队胜利了！这场终极决战，代表中国的顺德队在“外国列强”的包围截击中，终以王者的霸气，战胜对手，登上王座。阔别世界龙舟赛场十几年的顺德队，一旦重新登场，便震惊世界。2012年7月8日这一刻，是属于顺德人的光荣，更属于中国人的光荣。

坐在我旁边的一位来自台山籍的香港人，几天以来他都一直坐在同样的位置，饶有兴致地观赛议论。在我们欢呼的时候，老人家走过来激动地说：“你们真架势，赢埋啲鬼佬，为中国人争光啊！”

在领奖的前一刻，我站在天桥上，眺望着夕阳中的维多利亚港。在金色的阳光中，海港是这样的美，她远山青翠，碧海流金。密密麻麻的高楼大厦，蕴藏着数不清的奇迹和故事。这颗中国的东方之珠，用了一个半世纪的时间，吸纳着西方文明的精华，却又牢牢地秉持着五千年的中华血脉。她的魅力，正是在向世界各国文明的交流学习当中，不断地通过自强不息，在创新求变中产生出来的。

龙舟，它本源于中国，是中华民族悠久的历史文化遗产。当中国人的祖先第一次把龙头装在木艇上，并把它称为“龙舟”开始，它便具有了文化的意义，就有了值得永恒传承的精神！数千年来，它一直作为我们的民俗活动延绵传承。参加香港的国际赛事，正是把中国龙舟精神弘扬全世界。

顺德乐从

2012 年 7 月 9 日

2012年顺德乐从龙舟队韩国征战纪实

在参加香港国际龙舟俱乐部锦标赛之前，顺德乐从龙舟队已被确定代表中国参加在釜山举办的第十届亚洲龙舟锦标赛。因此，近两个月来，我队一直在加强训练，尤其最近两周，集中封闭训练，加强伙食，不准回家。期间各级领导纷纷探望鼓励，队员士气高昂，决意再创佳绩。

2012年9月4日，龙舟队员集中出发，直奔韩国釜山。顺德区以及乐从镇有关领导作为领队，并组织了部分企业和村居代表，作为加油团，分别于9月5日和6日，先后到达釜山市。

釜山位于韩国最南端，是该国第二大城市。此地为滨海城市，海岸曲折，风光秀美。釜山在韩国历史上有特别意义。

第十届亚洲龙舟锦标赛的赛场，设在海边一个名叫CENTUM MARINA PARK的公园内。公园临海，赛场设在一条通海的河道上，宽约150米，公园内栽满松树，对面是一幢幢韩国现代公司的大楼。

相比起香港热烈盛大的场面，本次比赛可以说是一场专业的体育赛事。参赛国家和地区也就十来个，共有45场赛事，其中有公开组200米及500米22人、12人及混合22人和12人，女子组200米及500米22人、12人，以及男女子5000米环绕赛共14项赛事，我队报名参加7项比赛（因南海女子队放弃500米混合赛，故最后参加6项）。后来了解，亚龙联也就十八个理事国，这次比

第十届亚洲龙舟锦标赛（乐从镇体育总会摄）

赛也来了大半。只是，我们既担心又期待的对手，像印尼、缅甸等队伍都没有来，搞得我们既欢喜又失落。但无论如何，我们得金牌的机会，就比原来设想的要多了。

9 月 7 日的比赛是 200 米比赛项目，上午是公开组和女子组 22 人标准龙，下午是 12 人小龙和 22 人混合龙。参加 200 米公开组（男子）22 人龙的队伍，包括我们队，刚好是 5 队。赛制按比赛两轮计总成绩的方式决出名次。第一轮我队分在第 2 航道，大溪地队在第 1 航道，韩国队在第 3 航道，新加坡队在第 4 航道，中国澳门队在第 5 航道。我们预计，按实力，我们胜券在握。

上午 9 点多，比赛开始。发令号响，我队便迅猛突出，并一路带前，首先冲线，成绩 41.96 秒。大溪地队以 44.09 秒位居第二。新加坡队、中国澳门队和韩国队在第三、四、五位。之后稍事休息，女队 22 人龙比赛交替进行。

到 10 点半后，第二轮比赛开始。我队分在第 3 航道，第 1 航

第十届亚洲龙舟锦标赛200米夺冠。(乐从镇体育总会摄)

道的韩国放弃比赛，新加坡队在第2航道，大溪地队在第4航道，中国澳门队在第5航道。

发令号响，我队似乎起动不快，反而是大溪地队迅速突前，大有超越之势。我队沉着应战，迅速加快桨频，一时间浪花四溅，两队斗得难解难分，岸上观众都站起来呐喊。100米过后，我队终于赶上，越划越快，大溪地队不甘落后，拼命追赶，最后我队终于以44.34秒冲线，大溪地队45.10秒，我队以0.76秒优势胜出，好险啊！不过，我队在第一轮中握有2.13秒优势，所以总成绩还是以2.89秒的较大优势夺得200米公开组冠军。

中午时分，第十届亚洲龙舟锦标赛举行第一次颁奖。这是我们期待已久的时刻，大家内心都涌动着兴奋和激动。我们激动地召集全体队员集合，排成两行，整齐有序。队伍后的五星红旗，在太阳下伸展飘扬。

当主持人宣布中国队为200米冠军的一刻，全场响起一片欢呼声，中国队全体队员簇拥着领导走上领奖台最高的一层，排好队后，分别接受颁奖嘉宾的奖牌和奖杯。

然后，全体肃立，奏国歌，升国旗！在面向国旗唱着国歌的一刻，我的内心热浪滚滚！是的，我们做到了，我们实现了！一年多的努力和汗水，我们的龙舟，终于做到她所能做的最高境界：代表国家出赛，奏国歌，升国旗。顺德龙舟，顺德精神，此刻又一次攀上高峰，影响国际！

高兴完了，我们又要面对激烈的比赛了。

其实，每次比赛，总会有意想不到的事发生。这次大溪地队如一匹黑马，闯入我们的视野，且越往后，其威胁越大。

下午2点，我队参加男子12人200米比赛。

按原来计划，我队除了参加男子200米和500米比赛外，还参加12人龙和男女混合龙项目，混合龙与九江女队配对。

12人龙由于参赛队伍多，故被分成两组，并按预赛、半决赛和决赛成绩产生名次。我队在B组，同组有中国澳门、新加坡、澳大利亚。预赛结果，我队以52.13秒得第一名，与A组的第一名大溪地队（52.77秒）直接进入决赛。经过半决赛角逐，新加坡、中国台北和澳大利亚队进入决赛。因此决赛分布的航道是：新加坡队第1航道，中国台北队第2航道，大溪地队第3航道，中国队第4航道，澳大利亚队第5航道。

这次比赛，我队和大溪地队，注定是狭路相逢勇者胜。发令号响，两队同时冲出，不分前后，到100米时，我队领先。但之后，大溪地队一直紧紧咬住，且越来越快，我队也不敢松懈，努力冲前。在数千观众的呐喊声中，两队几乎同时冲线。结果，我队以52.69秒险胜，大溪地队以52.85秒得第二，两队相差仅0.16秒。中国台北队得第三，55.24秒；澳大利亚队得第四，55.74秒；新加坡队得第五，56.78秒。我队夺得第二面金牌。

与12人龙比赛交替进行的是男女混合200米22人龙比赛。说实在的，这个项目我们事先没有进行针对性训练，由于分属两个不同的队，所以到釜山后才匆匆忙忙地训练了一次，双方相信的只是彼此的熟悉和默契。我队分在A组，预赛中以47.28秒得小组第一。B组的中国台北队以47.64秒得第一，大溪地队以47.93秒得第二。这个项目，中国台北队冒出来了。其实，对这个队我们并不陌生。今年上半年在厦门的嘉庚杯比赛中，他们成绩突出。

混合22人龙决赛开始了，我队在第3航道，中国台北队在第4航道，大溪地队在第2航道，日本队在第1航道，澳大利亚队在第5航道。发令号响，我队和中国台北队、大溪地队很快突前，三支队几乎齐头并进，不分先后，100米后，中国台北队逐渐领先，我队与大溪地队在后，难解难分。最终，中国台北队率先冲线，以47.26秒夺冠，我队以47.46秒得第二，大溪地队以47.54秒得第三。

见到这个结局，我不禁心中一凉。是的，尽管这是一个临时“凑数”的队和参加项目，但这是自去年以来我队首次未获冠军的比赛！我们终于要品尝败绩了！很久，我们一直都沉默不语。

9月7日的比赛结束了，时间已是傍晚6时。我们收获两金一银，超出我们预定的目标。总结一天的比赛，有几个“意想不到”：一是韩国队表现十分差劲，整个赛事组织水平也不高；二是我们从来没有训练的项目如12人龙，也有能力夺金；三是名不见经传的大洋洲大溪地队，成为我们强劲的对手，与我队堪称高手对决。

9月8日凌晨，釜山下起了小雨，直到8点多才停止。上午9点，代表直道竞速之王的500米项目比赛拉开帷幕，参赛的队伍，仍然是参加200米项目的那5支队。而赛制，也是按两轮比赛的成绩之和决出名次。9 点过后，第一轮比赛开始，中国队在第 2 航道，新加坡队在第 1 航道，韩国队在第 3 航道，大溪地队在第 4 航道，中国澳门队在第 5 航道。发令号响，我队迅速起步，逐渐领先，新加坡队、大溪地队及中国澳门队也在紧紧咬住，拉不开距离。这种态势一直延续到冲线。最后我队以 1 分 50 秒夺得第一，新加坡队以 1 分 51 秒夺得第二，大溪地队以 1 分 52 秒夺得第三，之后是中国澳门队、韩国队。直到那时，我们对比赛还比较乐观，觉得我队实力在大溪地队之上。

由于赛事组织的拖沓，第二轮比赛已是 11 点多。重新抽签的结果，我队在第 3 航道，大溪地队在第 2 航道，新加坡队在第 4 航道，中国澳门队在第 5 航道，东道主韩国队弃权。在我们座下观众都未注意之时，比赛开始了，大溪地队与我队同时迅速起步，在经过近 200 米的激烈相持后，大溪地队竟然反超我队，逐渐领先，双方在数千观众的呐喊声中，均奋力争先。但是，大溪地队却越划越快，我队无论怎样加力追赶，始终无法超越。结果，大溪地队以 1 分 52 秒夺得第一，我队以 1 分 53 秒夺得第二，新加坡队、中国澳门队夺得第三、第四。这个结果令全场一片哗然，大溪地人对第一次击败中国队兴奋不已，他们举起划桨，发出他们特有的嗷嗷叫声。

经过迅速的计算，两轮成绩相加，我队 3 分 43 秒多，大溪地队 3 分 44 秒多，我队还是以不足 1 秒的成绩夺得 500 米冠军！这个项目取胜的惊险程度，比 200 米有过之而无不及，如果不是赛制因素，我们就会输掉比赛。大溪地队，越战越勇，成为我们绝不可掉以轻心的对手。因为他们的实力，其实不在我队之下。

时间已临近中午，我们都在准备领奖的时候，组委会却决定继续进行 12 人龙 500 米预赛，颁奖礼延迟到下午 4 点半。这个决定对刚刚完成 22 人 500 米比赛的队员而言，的确是个残酷的考验。看着他们挺着疲惫的身体强打精神投入比赛，我们的内心很难受，也有一种不祥的预感。果然，预赛成绩 2 分 13 秒，比大溪地队（2 分 10 秒）落后整整 3 秒。这意味着我们要参加半决赛，然后再决赛。半决赛我们还是以 2 分 18 秒夺得第一，但是，我们在决赛中仍然以 2 分 14 秒的成绩输给 2 分 12 秒的大溪地队，只得第二，大溪地获得首金。到这里，整个赛事的格局发生了变化，大溪地队正逐步走强，中国队形势变得微妙，故而 9 月 9 日的 5000 米环绕赛，赛果就难以预测了。

9 日凌晨开始，天一直下着大雨，阴云密布，气温一下子降了近 10℃。组委会传来消息，原定 9 点的比赛，推迟到 9 点半。然而，9 点半后，雨势不减，比赛依旧进行。比赛出发顺序按 500 米成绩由差到好编排，每队隔 23 秒出发。这样我队排最后第 7，大溪地队第 6。从这两天的表现，谁都知道这场比赛其实就是中国队与大溪地队之战。我们估计，两队旗鼓相当，金牌不知鹿死谁手。

比赛在凉风细雨中进行，大溪地队出发后，我队抖擞精神，昂然起动。一轮急桨，拉近了与前队的距离，第一圈我队领先大溪地队 3 秒，第二圈大溪地队越划越快，超越了前两队，比我队快 9 秒。我们觉得不妙了。潘教练预言我队会输。我们先前估计，在两队体能相当的情况下，凭我们拥有的转弯技术优势，还是有可能取胜的。但事实上大溪地队不但体能占优，转弯技术也相当好，我们不占优势。在剩余的几圈中，大溪地队发挥出色，越来越快，最终超越所有队伍，率先冲线，成绩 22 分 26 秒夺得第一。我队在超越了 3 条艇后，也顺利冲线，成绩 23 分 9 秒夺得第二。事实上，这个结果，从第 2、第 3 圈开始，就已经很明显。大溪地人，也没有昨天那样出乎意料地兴奋热烈。

到整个比赛结束，天一直下着雨。颁奖礼也是在雨中进行，气氛还是很好的。

纵观整个赛事，中国顺德龙舟俱乐部龙舟队在沉寂多年后，代表国家出战2012年釜山亚洲龙舟锦标赛，参加6项赛事，获得三金三银的成绩，表现出色，超出我们事先的估计。我觉得这次参赛有两大收获，一是为乐从、顺德乃至国家争得荣誉；二是为我们龙舟队找到与其他强队的差距。所谓天外有天，这次与名不见经传的大溪地队较量，暴露了我队体能不足的问题。事实上，大溪地人是大洋洲上的一个群岛，当地人长年划舟艇，熟习水性，加上几百年来与殖民地主的欧洲人混血，所以很多人体格强壮，肌肉发达，在体能上占尽优势。

一年多来，中国顺德龙舟队从迅速崛起到大放光彩，其实有很多原因，包括天时地利人和，是各种条件的叠加和人为的努力造成的。目前，这支队已身在高处，名声在外，但其实，这也许就是我们面临的一个转折时期。三金三银，真实反映了我队在国际上的实力和水平，有些项目未能夺冠，这正是给我们上了宝贵的一课。顺德龙舟的发展，正处于一个关键时刻，如何突破瓶颈，避免重蹈覆辙，还有很多深刻的问题尚待解决，还需要各方面的理解和支持。

龙舟运动，固然体现了龙舟精神，但她毕竟是一项体育运动，有她自身的规律。有时成绩的好与差，有许多偶然和意料不到的因素。因此，我们不能以一种过于功利的眼光去看待龙舟运动。

我们要弘扬龙舟精神，团结合作，奋勇拼搏，还要有胜而不骄、败而不馁、追求第一、超越自我的体育精神。在众多的胜利和荣誉面前，我们更要谨慎冷静。同时，我们更不要自己造一尊自我迷信的“神”，那最终会令自己裹足停步。

韩国釜山

2012年9月9日

温州之战

——2012 年顺德乐从龙舟队温州站征战小记

早听说温州的龙舟发展热烈迅猛，所以，中华龙舟大赛温州站的比赛，顺德乐从龙舟队很早就决定参加，也想趁机看看他们发展的盛况。

顺德龙舟队于 2012 年 11 月 14 日启程，我们工作人员则于 16

2012 年中华龙舟大赛温州站（乐从镇体育总会摄）

日晚到达温州。

温州地处浙江中南部偏东的临海处，离我国东海钓鱼岛只有300多海里。与北部杭州宁波的江南景色迥异，这里群山环绕，大河奔流，自古以来独具一格。被大旅行家徐霞客誉为“天下奇秀”的雁荡山，就在离温州100多公里的乐清市。听当地人说，温州在西汉时期属于东瓯国，现在温州的主河流还叫瓯江。温州原来叫永嘉县，后来才叫温州。从他们的语言和饮食特色来看，温州更接近福建闽北的风俗习惯。

温州是一个相当奇特的城市，温州人很有钱，他们以贸易和投资为主，生意的触角伸到全世界。但温州的城市建设不算很好，楼价很高。新建的高楼大厦和低矮的旧房混在一起。城市管理也不算很好，马路上很多人和车横冲直闯。

温州人对龙舟的热情久有所闻，每年举办的龙舟赛有几百条艇，数万人参加，但每年为此而引起的打架斗殴令当局十分头疼，并一度暂停举办赛事。直到最近龙舟运动再度兴起，温州人才重振旗鼓，重组队伍，斥巨资建好一个完备的龙舟比赛场地，并成功申办了这一站的中华龙舟大赛。

赛事在一条叫会昌河的水上公园举行。整个赛场设置十分气派，是我去过的赛场中最好的一个。河道宽阔，水波不兴。两边堤岸全部用花岗石修整。参赛队伍的营棚整齐划一，主席台搭建得庄严隆重。而最令我们受教益的，是他们已发展出一套龙舟活动文化体系，除了击鼓、舞龙这些传统东西保留之外，他们还设计并制作了五种颜色的龙舟服装统一配置给各队，每次出赛穿不同的颜色，每队标志不同的符号。另外，他们还开发出一整套的配套装备，包括鞋、帽、背囊、腰包，等等，我们还在想的很多东西，他们都做出来了，令人佩服。

温州站的比赛在11月17、18日举行，其中17日是预赛，18

日是决赛。项目还是200米和500米直道竞速。参赛的队伍，还是12支，除了顺德队，还有老对手江苏武进队、汕尾仁荣队，也有新冒起的佛山丹灶队、湖南汨罗队、贵州麻江队、吉林北华队以及本地的温州华侨队、飞龙队、浙江圣堂队等主队，另外有一支香港队、一支厦门队。17日的预赛，波澜不惊，顺德队在200米预赛中以43.4秒的成绩，在500米以1分47秒的成绩均以第一名获得决赛权。看到预赛成绩十分顺利，我们都很平静地离开赛场，只是贵州麻江队独特的桨法引起我们的注意，而上一站的比赛冠军正是他们。

18日的决赛如期进行。中华龙舟大赛的亮点是央视5套对决赛的直播，所以现场设备仪器阵容庞大，气氛热烈而紧张。原计划上午9点进行的决赛，因为央视5套要先对广州马拉松进行直播，所以决赛推迟到10点后才举行。领导讲话、舞狮点睛、宣布开幕，接着礼花冲天。

200米半决赛我队在第2组，并以44.0秒获得小组第一名进入决赛。决赛中我队在第1组，同组有温州华侨队、贵州麻江队、江苏武进队。决赛一切如我们所料，我队以43.38秒夺得冠军，贵州麻江队以45.76秒夺得亚军，温州华侨队以46.52秒夺得季军。200米颁奖礼先期进行。像以往一样，我们早已定好领奖的人选，分别是我、教练和体育股长。领奖的集合点离领奖台还有200多米，工作人员为保证提前到达，在点齐人数后，高声叫道："快！快！跟我跑！"然后带头跑起来。当我们气喘吁吁地赶到时，其实离颁奖还有一段时间。终于等到颁奖的一刻，当我们三人手拉手登上冠军台上，面对镜头而想到在镜头后观看直播的观众和家乡父老，心中是多么的自信、自豪而又自然，似乎我们都习以为常了。

200米比赛颁奖后，我们原路返回。教练对我们说："你们慢慢，我还有些事要布置一下。”说完快步离开。我们知道他要部署500米的决赛事宜。

500米的半决赛开始了，我队在第1组第4航道，同组有温州飞龙队、贵州麻江队及吉林北华队。发令枪响，我队起动有力并顺利带前。站在终点的我，一如既往等待着我队一直领先并冲过终点。可是到了200米处，我队慢了下来，反而是第2、3航道的艇在带前。之后，我队发力开始追赶，然而，第2、3航道的艇还是一直在领先。在最后冲刺阶段，尽管我队用尽全力，但还是以些微差距以第三名冲线，成绩1分53秒，比第二名仅仅慢了0.03秒，顺德队痛失500米决赛权！全场的人都惊呆了，不敢相信这是事实！而第一冲线的贵州麻江队和第二的吉林北华队，则情不自禁地发出欢呼声。是的，他们是今年国内龙舟赛事中第一次击败顺德队的队伍，他们为此骄傲欢呼！而落败的顺德队员气鼓鼓地回到岸上，说了几句不服的话，便沉默不言了！是的，以我们的实力，落得这样的结果，的确令人难以接受！可是，广播主持却像是发现重大新闻，反复说顺德队爆了今年龙舟赛事的最大冷门，500米决赛不入！真是令人气愤难消！

不过，顺德队毕竟训练有素，在紧接下来的500米小决赛中以1分52秒获得第一，可见心理素质还很强。结果，我队在500米决赛中得第五名。总成绩排第二名。

温州之战，顺德队遭遇首败。这是自去年江阴月城一鸣惊人，并连续夺冠后的首败。我们，顺德龙舟俱乐部的队员们，关注顺德龙舟事业的领导们、朋友们，都应该记住今天的首败。一年来，我们经历很多的胜利和荣誉，排名国内第一，代表内地和国家出战中国香港和韩国，家乡父老引以为豪。是的，以我们的努力和成绩，的确值得自豪。但，这绝不是骄傲轻敌、不思进取的理由。鄱阳湖及月城之战后，我们已意识到群雄并起；韩国之战，我们也发现了差距。事实上，我们一直是清醒的！

孤立地看，温州之败有其偶然性。预赛中1分47秒，半决赛1分53秒，整整有6秒之差，令人不解。这不是实力问题，应该是战术问题和背后的心态问题，是我们用老战术和老眼光对付新对手而出了问题。

而全面地看，温州之败有其必然性。近半年来，除了像江苏武进、汕尾仁荣等队一直在你追我赶外，贵州麻江、佛山丹灶以及吉林北华等队，都进行了大幅度的调整和优化，以大变革促大进步。温州的胜利是他们努力的体现。尽管我们队没有松懈，也一直在寻求进步，但是，他们的进步，要比我们预想的要快要大。过去我们在比赛中的那种予取予夺，也许已一去不返。相反，任何小的失误，都可能招致失败。这是我们要清醒看到的。

中国的龙舟运动，也许自温州之役，会开始进入一个群龙并起的时代。这是一件好事。顺德龙舟队，无论是以自己辉煌的成绩还是一时的失利，其实都在促进中国龙舟运动的进步，同时也促进自己不断前进。

团结拼搏，创新求变，力争上游，勇夺第一，这就是龙舟的魅力、体育的精神和人类前进的动力。

佛　山

2012年11月19日

草长鹤飞鄱阳湖

2013 年 4 月 27—28 日，我随中国顺德乐从龙舟队参加本年度中华龙舟大赛鄱阳湖站的比赛。这是自去年后第二次到此地，用央视主持人的话讲，我们这一次比赛，是为卫冕而来。

为便利参加比赛，我们就近住在鄱阳县城。

鄱阳湖

鄱阳县为一个历史名城，置县已有 2200 多年。后称饶州府。20 世纪 50 年代改称波阳县。2003 年才改叫鄱阳县。烟波浩渺，广袤的鄱阳湖，是中国第一大淡水湖，鱼类水产极其丰富，其 4500 多平方公里的湖面沼泽湿地，成为中国最大的候鸟栖息地。

鄱阳湖区是中国主要的粮产区之一，所以古称“两湖熟、天下足”。鄱阳县自古以来也是一个文教昌盛之地。北宋名臣范仲淹曾就任饶州知府，在任期间改善民生，兴办教育，人才辈出。

但是，像许多中部地区一样，近代以来，这些昔日繁华富庶之地逐步被边缘化，日渐落后并淡出人们的视野。到20世纪80年代，鄱阳县还是“国家级贫困县”，真令人不可思议！现在，一个东湖把鄱阳旧城和新城分开，新城还有一些新气象，但旧城却残破杂乱，仅存的所谓饶州文庙，几经艰辛才得以寻见，但已破败不堪，年久失修，令人叹息！

在这样财政困难的条件下，当地政府仍然花大力气举办全国性的龙舟盛事，可谓用心良苦，目的当然是为迅速打造区域品牌，提升本地的影响力。据说，办龙舟赛、建鄱阳楼等几项工程，是鄱阳县的几大工作重心。因此，为办好今年的赛事，主办方除了在县城披红挂绿营造氛围，还把赛场进行了一番建设，除了建设一批硬件设施，还修建了一个引人注目的纪念碑，树立了一个鄱阳湖的“形象代言人”——饶娥像。

4月27日是预赛。

经过2012年“龙争虎斗”，中国龙舟运动发展迅猛，各地政府越加重视，各大企业大力支持，各龙舟队的竞技水平不断提高。当然，变化最大、威胁我队最大的还是我们广东的队伍，去年以来变阵冒起的有广东柏强王、东莞麻涌、广东江门、广州万宝等队伍，而其中老对手南海九江，在丹灶一役后，进步神速，有后来居上之势。外省的队伍，有实力的还是江苏武进队。而去年底在500米赛事中曾击败我队的贵州麻江队，因领导变动而解散，队员归入铜仁队。因此，本站比赛的最大劲敌，还是南海九江队。

27日上午9点，预赛开始。顺德乐从队在200米预赛中以39.1秒出线，南海九江队、江苏武进队皆以41秒多出线；在500

顺德乐从家具龙舟队参加2013年中华龙舟大赛鄱阳湖站比赛获得总成绩第一名。(乐从镇体育总会摄)

米预赛中，顺德队以1分53秒出线，南海九江队以1分52秒出线。其实大家都明白，预赛能顺利出线即可，不用死拼！

下午无战事！

这次来鄱阳湖参赛，得到在乐从工作的鄱阳籍人士胡氏兄弟的热情招待，他们安排了下午去鄱阳湖湿地湖区。鄱阳湖面积4500多平方公里，其中属鄱阳县管辖的有900多平方公里。我们从县城出发向西行，约半个小时就进入一些村庄，这些村庄其实都是在湖区土坝两旁建起的一排排屋子。听胡氏兄弟讲，本地的农民已基本出去打工，用赚回来的钱修建了许多新房子，而耕地都租给外地人来耕种。穿过几个村庄，我们的小车直接开上了硬底化的大坝，整个鄱阳湖的湖光山色尽收眼底。这条大坝是当地村民在30年前手搬肩挑筑起来的，用于抵挡来自长江的洪水，也把鄱阳湖分为外湖和内湖。长江三峡修好后，外湖的水灾基本消失。现在的外湖，丰水时茫茫荡荡，水天一色；枯水时芳洲处处，碧野连绵。内湖则基本变成耕作区，近岸处阡陌纵横，稻秧片片；深水处网箱浮沉，湖光闪闪。

沿着大坝往前走，一直去到一个三面环水的湖心岛，那里就是鄱阳湖湿地公园的核心区。

我们租了一只机动筏子，躺坐在竹椅上，在发动机“突突”的伴奏下，向着湖泊的深处开进。这是多么美妙多么期待的一刻。正午的阳光温暖和煦，微风轻轻地梳洗着疲惫的身心。此刻天空是多么地辽阔广大，湖面是多么地柔软深情。天光水色，陶醉于心。筏子转过一个弯后，驶入一个偌大的草滩。我们置身于草海当中，人也好像变成草绿色了。筏子冲起一轮轮草浪，一波波荡漾着推向远方。这时，我们发现草滩中藏着一小群野鹤，它们也抬起头注视着我们。当我们的筏子越来越靠近时，它们突然鸣叫着腾飞起来，一时间一片片白色的鹤翼在蓝天绿草之间展翅飞舞，恣意翱翔。此情此景，我们恍惚回溯千年，如古时一群文人墨客，在湖光山色、草长鹤飞的诗情画意中，欣欣然不能自已！

我，又不禁浮想联翩了。

“湖”，不仅是一个地理概念，也可衍生为一个文化概念。我想，“湖”文化是中国特有的、历史悠久而又兴盛一时的文化形态。南宋以后，其文化中心开始转向长江流域。其中的鄱阳、洞庭两湖以及长江下游的江河湖区，不但成为国人赖以生存的肥田沃土，成为大江南北的交通要道，同时也成为滋养文化精神的灵性空间。所以，从武汉东湖、湖南洞庭湖、江西鄱阳湖、扬州瘦西湖、杭州西湖、苏州太湖等湖岸，不但有屹立千年的文化古迹，如黄鹤楼、岳阳楼、滕王阁、雷峰塔、六和塔等，而且以众多江河湖泊为题材创作流传下来的诗词曲画小说典故数不胜数，此可谓“湖”文化。因此，“湖”文化是我国传统文化发展其中的一个重要特色。

近代以来，这一切都发生了变化。随着西方资本主义的入侵，沿海通商口岸的打开，交通运输和经济发展的重心，逐步转移到沿海地区和以工商业为主的天津、上海、宁波、厦门、广州等发达城市。而中部的江湖交通运输体系以及传统农业经济，就逐步被边缘化以致日渐衰落，伴随其衰落的还有她的文化形式和影响力。于是，“湖”文化让位给“海”文化。

鄱阳县的历史，就是中部地区变化的一个缩影。相比起来，位于沿海地区珠三角的顺德，则得益于历史大势的变化，在19世纪中后期掀起了工商业和外向经济的发展热潮，这个过程一直延续至今。

一百多年后的今天，当中部地区逐步崛起，其现代交通体系的逐步建成，当地原有的资源优势会逐步变成发展优势；相反，随着沿海地区低成本加工经济的式微和交通区位优势日渐减弱，自然资源缺乏的劣势日渐突显。因此，顺德要想在新一轮竞争中继续领前，唯一的出路在于大力发展智力资源，走科技创新和科学发展之路！

不知不觉间，筏子已经靠岸。明天，我们又要踏上征程。

4月28日，鄱阳湖站决赛开始了！

上午10时，开幕式开始。由于种种原因，开幕式只进行点睛仪式。随着当地领导宣布开幕，决赛开始。200米的半决赛，分在一组的九江队和二组的顺德乐从队分别以小组第一出线，成绩都是39秒多。在完成排位赛、小决赛后，决战的时刻到了。

谁都知道，这其实就是顺德队和南海队之争。半年来，南海九江队以顺德乐从队为对手，刻苦训练，不断进步。顺德乐从队也没有闲着，两个月来进行刻苦的针对性训练，成绩也在巩固提高。

决赛开始了。发令号响，四条龙舟猛然挺出，第1航道的顺德队和第2航道的南海队分别带前。不久，顺德队已抛离南海队，且越划越快。南海队拼命追赶，但越拉越远。最后顺德队以38秒多冲线，比南海队整整快1秒，也打破了国内200米赛事记录。

紧接着是500米的赛事。

半决赛中，一组的顺德乐从队以1分54秒以第一名出线；二组的南海九江队以1分55秒落后于江苏武进队以第二名出线。这个结果更坚定了我们胜利的信心。

决赛开始了。发令号响，四条龙几乎齐头并进，但很快，顺德、南海两龙领前。到100米时，第1航道顺德龙已占得半艇优势，第2航道南海龙拼命追赶。300米过后，顺德龙后劲十足，落桨整齐有力，还逐渐加快了桨频。此时发生了一个小意外，第3航道的广州万宝队突然偏离赛道，追尾压向南海队，全场一阵骚动，但该艇很快修正方向继续比赛。尽管南海龙拼尽全力，仍无法追赶顺德龙。顺德队最后以1分45.3秒冲线，打破该赛事的国内记录，并以快了1.4秒的优势完胜南海队！

从两队比较来看，南海队队员年轻气盛，但技术和心理仍不够稳定；顺德队队员年纪偏大，但经验技术略胜一筹。顺德队近几个月的针对性训练，效果还不错。

28日晚，我们依依不舍，告别鄱阳湖。

鄱阳湖，中国最浩瀚的淡水湖，千百年来一直保留着其原始而广袤的湖泊生态，也隐藏着中华民族极为丰富的文化精神。这两年咚咚作响的龙舟鼓声，是否催醒了你沉睡千年的睡梦，我们期待你翻身挺立，洗一把湖水，披一身翠绿，从容自信，重拾辉煌！

顺德乐从

2013年4月30日

黄河之上龙舟来

——顺德乐从龙舟队永靖站征战小记

远山衔落日，
灵湖泛金波；
层峦看不尽，
轻舟过黄河。
——过永靖黄河题记

2013 年 7 月 13—14 日，今年第五站中华龙舟大赛在甘肃永靖县举行。这是一个令人期待的赛事，中华龙舟大赛首次进入北方的黄河流域；也是一个令人期待的地方，永靖拥有整个黄河中最好的河段，也拥有西北地区最多样的历史地理文化。

永靖，光名字本身就令人想起戍边和战争。事实上永靖一直是中原和少数民族长期互相争持的边域。在漫长的历史长河中，多数时间为中原王朝占据，但也曾被强大的吐谷浑（羌族）及吐蕃（藏族）王朝统治过。所以永靖故称“西羌”，又叫“河州”，直到 1929 年国民政府改称“永靖”。在当地近 20 万人口中，大部分是汉族，但在不到 3 万人的少数民族中，居然共有 10 个民族。值得一提的是孔子的后裔竟然是当地一大望族。孔子后人在明朝移入该地，娶当地回族马姓女子为妻，所生的幼子皈依回教，其后人叫“孔回回”，到今天有数千人之多。

永靖历史文化的多样性源于其独特的地理环境。

永靖县位于甘肃兰州西南，自古以来就是中原地区进入西部的必经之地，向北可顺黄河进入宁夏，向西沿河西走廊入新疆，向南沿洮河入川藏。从张骞出使西域到文成公主入藏，都经过永靖。所以永靖为兵家必争之地，也汇聚了四方人流商流。在地理上，永靖是青藏高原与兰州平川地区的过渡地带，地势西高东低，地形山高峡深，海拔 1500～2800 米，高低相差 1000 多米，黄河从西向东流入永靖，形成了巨大的落差。因此，国家在 20 世纪 60 年代就在永靖建立了三个水电站，形成了黄河三峡，其中最大的就是刘家峡，下游还有盐锅峡和八盆峡。刘家峡水库面积浩瀚广阔，是黄河和洮河的交汇处，蓄水量极为巨大。此处的黄河还没进入宁夏陕西的黄土地区，所以水质很清澈。

为了发展旅游的需要，当地政府把刘家峡水库改名为炳灵湖，把盐锅峡改名为太极湖，把八盆峡改名为毛公湖，成为“永靖三湖”。举办龙舟大赛，其实就是永靖人打造旅游品牌的壮举，因为当地人确实还很贫穷。

中华龙舟大赛永靖站的赛场，就设在太极湖上。这段湖面以太极岛为中心，周边的水面和陆地形成一个类似太极的图案，故称太极湖。据当地人说，平时这个河道清澈而宁静，很适合龙舟赛，但这两天突降暴雨，河水汹涌浑浊，流速极快，对龙舟赛是一个全新的挑战。

顺德乐从龙舟队于 7 月 11 日到达永靖，12 日进行适应性训练，感觉流速极快，且航道之间差距很大，很明显，河道中间的流速要比靠岸的快得多。13 日进行预赛，我队都以小组第一的成绩进入半决赛。14 日是决赛日，天气一反常态，格外阴沉。我队于上午 8 点启程，奔赴赛场。

进入2013年以来，顺德乐从龙舟队经历了很多挑战和考验，主要的因素是一批强队的产生，我队的王者地位迎来重大挑战，他们已有能力赶超甚至战胜我队。去年麻江队在500米项目曾两度击败顺德乐从队，今年麻涌队也几次击败顺德乐从队，证明我们原来的预测是正确的。面对这样的挑战和败绩，顺德队产生心理冲击是不可避免的，这种心理冲击甚至在省内的比赛中以很不理性的方式表现出来，对全队上下产生一定的影响。面对九江队的年轻气盛，特别是麻涌队的胜绩和优厚奖励，我队不能不受到影响。因此，顺德乐从龙舟队无论从各方面来讲，都极需要一场胜利来鼓舞斗志，我们期待着永靖站能够取得胜利！

比赛前的抽签环节，我队不同寻常地派出龙舟队直接领导亲自下手，结果两个半决赛都抽中第1水道，看来运气不错。200米半决赛我队以33.6秒获得小组第一参加决赛。可是到了决赛抽签，我队却背运地抽中“死亡水道”第4航道，即流速最慢的靠岸航道，我们都心中一凉。200米决赛开始了，因为流速太快，起航线都置放在离龙头一米左右的地方，出发台还有专人紧紧抓住龙尾，预备令叫即要松手。但直到发令号响过，抓住我队龙尾的人才放手，导致我队起步拖慢，再加上航道流速较慢，我队一直处于落后。100米后，我队拼命追赶越划越快，终于在终点前追上对手，麻涌队、九江队和我队几乎同时冲线，但最后结果我队以0.009秒惜败九江队。这是九江队近三年来首次从顺德乐从队中夺得桂冠，这也是我队近三年来首次丢掉200米桂冠，这种结果无疑是一个巨大的打击！而对于500米比赛的前景而言，曾遭败绩的记录使我们无论如何都乐观不了。

500米半决赛时，我队竟又再生波折。尽管有第1航道的优势，但在200米处我们一名队员的划桨折断，最后以0.6秒输给麻涌队屈居小组第二。幸好第二组的半决赛成绩一般，保证我队仍有机会竞争决赛。

决赛抽签，我队抽到第3航道，最大劲敌麻涌队抽到第4航道，我们胜利的机会又一次降临了。平心而论，我们仍有实力在500米与麻涌队一争高下，毕竟我们两队同一血脉，知己知彼。

预备令、出发令先后发出，我队起航有力，龙舟快速冲入急流，勇猛向前，不久已领先麻涌队近半艇位，看来一切顺利，胜利在招手了。到中段，我队放慢桨频，却加大加深了桨位，龙舟在稳稳地继续领前。最后100米冲线，我队以必胜的信心加快桨频全力以赴，最后在两岸观众的呐喊声中率先冲线，以1分24秒的成绩战胜麻涌队。这是自海南万宁站赛事以后我队在该项目首次反胜麻涌队，这个胜利不仅洗刷了200米落败的阴影，而且使得我们夺回了总成绩冠军的宝座。

永靖站的胜利其影响是巨大和深远的，她再次证明了我队在500米仍有王者的实力，她使我队走出了近半年的低谷，她为我队名正言顺地代表国家出战匈牙利，提供了最有力的理由。媒体一致给予顺德乐从队高度评价，说这是为出战国际龙舟锦标赛“祭旗”。是的，当胜利来之不易的时候，我们才觉得格外珍贵。当自己是一枝独秀的王者之花时，胜利唾手可得；当出现强手如云时，胜利才分外精彩。在不知鹿死谁手的激烈竞逐中，虽历经煎熬，却也在收获奋力向前的精神花果。这就是龙舟精神的可贵之处。

永靖之水，时而清澈时而浑浊，时而汹涌时而曲折，正如探索龙舟之路，前途漫漫而艰辛备至，我们还需坚定信心，努力前行。

顺德乐从

2013年7月16日

布达佩斯的多瑙河

2013 年 7 月 29 日，我们到达布达佩斯。傍晚，我们几十人登上游船，游览世界闻名的多瑙河。

多瑙河，几十年来已在我心中回荡了百转千回。

知道多瑙河，当然是从《蓝色的多瑙河》这首曲子开始的。我们年轻时代流行交谊舞，这首曲子是快三步舞最为经典的，那时我们在暨南大学蒙古包饭堂腾出的舞池中踏着节拍旋转，一边想象着多瑙河蓝色的水波和秀丽的风光。

今天，我终于来到多瑙河的旁边，一颗兴奋而虔诚的心，渐

布达佩斯的多瑙河（蔡遥炘摄）

渐融进这温柔美丽的河流中。

游船缓缓启动了，先徐徐地掉头，然后顺流而下。

多瑙河水面宽阔，中间有一个长满树木的小岛。河水平静而舒缓，清澈而透亮。此刻凉风习习，夕阳开始西下，太阳如同大自然巧妙的灯光师，把东西两岸调节出光暗不同的色调。西岸的布达区因为背光，其巍峨的山影、教堂群一个个尖锐的塔顶、浓密的树木等景观，都被掩盖在一层淡淡的暗影里；而东岸由于太阳的直照，佩斯区的城市风貌，尤其是富有历史文化风味的国会大厦、政府总部等岸边建筑，却被一片片地加光亮化。我们拿出相机，对着东岸的目标一顿快拍，然后指指点点，互相比评。

我们置身于大河之上，倚船临风，满目异彩，自然意兴盎然，心潮起伏。

导游是一个留学多年的中国留学生，对匈牙利的历史了如指掌，当他在如数家珍般地介绍到多瑙河上形状各异历史不同的众多桥梁时，我的思绪也仿佛随着蓝色的波浪，从高山之巅一直流淌到黑海之滨。

布达佩斯的多瑙河，无论是地理风貌还是人文历史，都是多瑙河上甚为璀璨的一段华章。

发源于德国南部山区的多瑙河，从茂密的森林流向奥地利，激发施特劳斯写下不朽乐章《蓝色的多瑙河》，之后向东变成奥地利与捷克、斯洛伐克的界河，然后向南流入匈牙利，从山区跳跃到平原，融入著名的多瑙河盆地，成就了匈牙利为“中欧的粮仓”。河流出境后再向东流经原南斯拉夫及罗马尼亚等国，最终汇入黑海，总长两千多公里，是欧洲第二大河。

流经布达佩斯的这一段，在地理上非常独特。西岸的布达区，是喀尔巴阡山余脉的终点，也是本地区的制高点，所以历代王室都把城堡建在该处；而东岸的佩斯区，却是匈牙利平原的起点，在城市和商业区的背后，就是一望无际的千里平畴。多瑙河不息的河水把东西两岸既分隔又联系起来，布达佩斯就是这两个区的合称。这里自古就是渔场、商埠和政治据点，多少民族和王朝在这里上演过兴衰成败悲欢离合的历史故事。

经过20多分钟的航行，游船掉头回航，逆流而上。夕阳进一步西沉了，两边河岸的景观也开始蒙眬起来。但太阳的余光却集中在布达区的顶部，所以自由女神像、渔人堡旧皇宫、马扎尔教堂等建筑，看起来金光闪闪，在蓝天下分外瞩目。这个片区，是布达佩斯的政治文化核心区，因其悠久的历史和优美的景观连同多瑙河一起被列入世界文化遗产。这片区域有着匈牙利人的历史记忆和文明烙印。

相比起中国版图有险峻的高原和广阔的沙漠作为自然屏障，匈牙利一马平川的草原就毫无屏障可言，周围强大的民族可轻易进出，予取予夺，包括他们今天承认的立国祖先匈奴人及其东方民族，以及后来的日耳曼人、蒙古人、奥斯曼人和俄罗斯人，都先后主宰和影响过匈牙利的历史。在弱肉强食的帝国年代，一个弱小民族被欺凌肢解只是家常便饭，更遑论文明的继承了。世界的历史，许多时候只是大国的历史。

然而匈牙利又是幸运的，尽管在两次世界大战中她都是输家，并被分割出大片国土，后又受到苏联数十年的专制统治，但从20世纪90年代起，匈牙利人“抛弃”了苏式社会主义，开始了本民族历史文化的回归和重建，而最重要的自然是重修代表其历史起源的渔人堡旧皇宫（其形状极像我国东北地区古时女真人的帐篷）和修复代表其宗教文化的马扎尔大教堂，而原来矗立在“解放”山上的斯大林像，已被悄悄地搬到几十里外的城郊，代之以高举火炬的自由神像。现在，匈牙利已是欧盟的成员国，并纳入申根公约国。

一个民族的历史文明，有时是主动的选择，有时却是无奈的甚至悲剧性的“被选择”，到后者一般已是国破家亡了。因此，只有建设一个强大的民族，才不会受到欺凌，才能牢牢把握自己发展的命运，维系自己民族的伟大文明。

布达佩斯的多瑙河，流淌着恒久不息的河水，每一朵浪花，每一粒细沙，都见证着这个民族的历史。那些跨越千年的城堡和塔尖，在乌蓝的天际只剩下一个个轮廓，但明天来临，历史又会翻开新的一页。

游船慢慢地靠岸了，多瑙河的两岸在不知不觉间已亮起灯火。她，又要换上美丽的晚装了。

布达佩斯

2013 年 7 月 30 日

2013 年顺德乐从龙舟队匈牙利征战纪实

一、勇夺世界龙坛 200 米皇冠

2013 年匈牙利当地时间 7 月 27 日，天气反常地酷热，气温达 40℃，太阳晒得皮肤灼痛，那是我们十分不习惯的干热天气。

顺德乐从龙舟队参加第 11 届世界龙舟锦标赛。（乐从镇体育总会摄）

第 11 届世界龙舟锦标赛的奖牌争夺，亦进入白热化。

经过首日的 2000 米，次日的 1000 米和 26 日的 500 米混合赛后，赛事开始进入短距离的争夺。中国顺德乐从龙舟队已收获一金两铜。当然，这还没达到我们预想的目标，更何况短距离是我队的强项。所以，27 日的两项 200 米赛事，注定我们要全力拼搏，争取更大的成绩。

27 日上午是男女混合 200 米比赛。经过 26 日 500 米混合赛事的夺冠，我队和中国九江女队的配合已比较默契，队形也比较成熟，采取两男两女依次排座的方式组合。

世界龙舟锦标赛的理念是广泛参与，组别繁多，尤其鼓励男女混合、青少年以及小龙舟运动，所以报名混合赛的队别很多，因此赛事只能分成预赛、复赛、半决赛和决赛的方式。

预赛中我混合队获得小组第一顺利出线，直接进入半决赛。半决赛我混合队也以小组第一进入决赛。

顺德乐从龙舟队参加第 11 届世界龙舟锦标赛。(乐从镇体育总会摄)

决赛的国家队伍有中国、加拿大、菲律宾、德国、捷克和乌克兰。中国顺德乐从队在比较好的第 3 水道。决赛一开始，就强有力地起动并迅速超前，之后一直带到冲线，成绩 46. 46 秒，加拿大 47. 04 秒，中华台北 47. 49 秒，中国顺德乐从队再获第二金！

27 日下午，中国顺德乐从队和中国九江女队分别参加男女队200 米的赛事。

从整个锦标赛进行的情况看，参加的队伍中水平最高的当属加拿大，其次是美国、澳大利亚、德国、匈牙利和捷克，亚洲赛队中除了中国就是菲律宾。加拿大和美、澳国家的参赛队员都分别接近 400 人，他们的组合往往就是为了奔着一个项目的冠军而来，所以每个项目都很强，包括原来以为我们的短距离优势，其实也不复存在。因为像加拿大等队已充分吸收亚洲队伍桨频快的特点，加上他们本来力气就占上风，所以，我们并无优势可言！

200 米预赛中国顺德乐从队男队以小组第一出线，但比另一组的第一名加拿大男队慢了近 0.2 秒，我们都觉得问题严重。中国九江女队情况更严峻，她们比另一组的第一名同样亦是加拿大女队慢了 0.7 秒，这在 200 米赛事中差距已是很大。我们都没有必胜的把握，只好尽全力一搏！

在分析 200 米项目的所有问题中，我们始终认为起动是关键，反复研究的结果就是无论如何一定要全神贯注，集中力量划好前三桨，之后全力发挥。

200 米男队决赛时，已是日暮时分，黄昏下的匈牙利平原湖泊美不胜收。我用望远镜死死盯着我队的动静。发令号响起，我队齐桡深桨，非常强有力地起动，一开始就拉开距离，之后一直带前，跟在后面的加拿大队死命追赶，两三次好像已追上，又被我队拉开，最后双方用尽全力冲线，我队成绩 43.54 秒，比加拿大队仅仅胜出 0.6 秒。中国男队胜利了！全场沸腾了！

这是一场实力非常接近的比赛，甚至说是一场我队实力不占优势的赛事。但最终我队以丰富的经验、灵活的战术和一往无前的勇气，获得了胜利！

这场 200 米男队决赛的胜利，使我队实现前所未有的日进两金的记录，使总奖牌数目达到三金两铜，最重要的是向全世界证明我队是目前世界上200米项目最强的队伍，我们有能力夺取200米世界龙坛的皇冠！也向全世界再次展现了中国龙舟健儿的实力和勇气！而这一切奇迹都发生在我们顺德乐从龙舟队身上！

胜利使我们全队上下欢欣鼓舞，我们不顾疲倦，踏着夜色回程，一路谈笑风生，尽享胜利的喜悦，并准备迎接最后一天的赛事，向500米发起最猛烈的冲击！

匈牙利赛格德
2013年7月27日夜

二、决战500米之惊天逆转

2013年7月28日是第11届世界龙舟锦标赛的最后一天，我们将参加整个赛事最后也是最为重要的一项：男子500米决赛！

因为昨天200米比赛后天色已晚，所以按照主办方的安排，该赛事的颁奖仪式在28日上午举行。我们在上午10点多到达现场参加颁奖仪式。这个叫奥林匹克中心的现场离赛格德城区有十多分钟的车程，整个世锦赛除了2000米项目在城中的河道举行外，其他项目的比赛和颁奖都在这个中心。中心的设计和建设非常突出生态和环保理念，整个水体长约3公里，宽约800米，就像一个偌大的湖区，水面碧波荡漾，堤岸绿草萋萋，与坦平无垠的田野融为一体。建筑物仅有一栋综合楼，左边是看台和颁奖台，右边是一排长500米的木结构营地棚，其他的都是临时帐篷。

与混合赛颁奖不同，男子200米项目是中国顺德乐从龙舟队的首个单独项目，能够夺金领奖意义非凡。所以，当队员们在欢呼声中走上冠军台时，我们为数不多的拉拉队也在尽情呐喊。当五星红旗在中国的国歌声中缓缓升起的那一刻，我们内心无限激动无限感慨，大半年来所有的辛劳汗水和种种难以言语的艰辛付出，在此刻都值得了。是的，人生中有那么一次机会能够为国效力并赢得荣誉，是我们无上的光荣，而能够把一件事做到世界顶级的层次，那是我们一生中的至为珍稀的和最值得安慰的了！

高兴完了，我们又要换过另一种心情，准备迎接下一场硬仗。从前天1000米比赛的结果来看，尽管我们混合队得了第三，但男子单项却是第六，事实再次证明中长距离不是我们亚洲队的强项。而对于500米，近半年来我队的成绩起伏较大，属于比较不稳定的状态，这与队员的体能和心态都有关系。因此，与世界顶级强队较量500米，的确胜败难料。

中午12点过后，当地的气温超过40℃，男子500米的初赛就要开始了。按赛制，小组第一直接进入决赛，其余队伍要进行复赛。在我队参加的小组赛上，加拿大队以1分57秒夺得第一，我队以1分58秒夺得第二，所以只能进入复赛。下午2点多，复赛开始了，我队同样表现不佳，成绩为1分59秒多，按成绩排名应为第五，还落后于菲律宾队。在这种情况下，争金夺银无疑就是一种奢望了。在我的内心里，最后的决赛能进入前三甲已经很不错了。但我同事劳剑辉说也有可能出现奇迹。事实上复赛回来后，队员们都沉默不语，他们需要时间来调整。

当地时间下午5点过后，火辣辣的太阳终于薄入西边，开始降温。从检录那边传来的消息，我们是被安排在第1航道，这是最好的航道，水足够深，又不受其他航道水流影响，天时地利都对我们有利。赛前，我们把队伍集中一边，作最后的动员和战术部署后，目送他们走向最后一搏。

又是一个黄昏的时刻，我站在观礼台的左侧，目不转睛地观察着决赛的起点。参加决赛的六只龙舟依次排开，中国、美国、加拿大、德国、菲律宾等强队列阵在水面上，代表着当今世界最强的龙舟队伍，背光逆风，正在全神贯注、静静地等待着最后一搏。突然间，龙头前的挡板猛然扳倒，龙舟两边水花激荡，龙舟起动了，决赛开始了！第 1 航道的中国队以急促的桨频带动着龙舟迅猛地前进，而加拿大、德国、美国等队伍仗着充沛的体力也在快速前进。龙舟群离我们越来越近，中国队仍然在快速领先，桨频仍然很快。龙舟划到 300 米的位置时，我开始担心他们体力不足影响后劲，因为我们队往往在这个位置速度就达到极限。可是，我们队的龙舟仍然在势不可当地继续领先。临近冲线了，德国、加拿大、美国等龙舟也越来越接近，中国龙舟仍然在拼命地冲在前面。最终在千万观众的叫喊声中，中国龙舟率先冲线，成绩为 1 分 53 秒多，以 0.4 秒之优势击败第二名的德国，这个成绩比复赛的成绩整整提高了 6 秒之多！全场的观众轰动了，结果太令人不可思议，一支原来几乎连决赛都进不了的队伍，两个小时后却判若两队，并成功登顶！

我瘫坐在依然发烫的水泥座位上，努力控制着自己内心的激动，我怕自己的心脏承受不住这种惊天的逆转。是的，这种结局是完全无法用理性解释的，因为在此之前，已经有队员筋疲力尽身冒虚汗，他们哪里来的力气进行这最后的冲击！

是的，就金牌的数量而言，三面和四面只是数量上的差别，但这块 500 米项目的金牌，却代表着整个龙舟赛事的王者宝座，这对我们这支中国龙舟王者之师而言，是不能不全力拼搏去夺取的。

日暮时分，所有的赛事都完成了，颁奖的时刻到来了。当五星红旗又一次冉冉升起，我用自己激动得有点变形的声音高唱国歌。想想，在别人的国土上高唱自己的国歌，这意味着什么，是胜利，是征服，是至高无上的荣誉！

在我们结队回营的路上，不断有别国的队员向我们伸出手来表示祝贺。等到我们回营收拾时，不断有别国队员过来要求交换队服，男女不限。

终于，我们坐上回程的大巴；终于，我们潇洒地告别赛场。队员们毫无倦意，意气风发，一遍遍地回忆讨论比赛的每个细节。当我说到担心冲线的后劲时，他们说了一句最动人的顺德话：“唔理咁多，扒死罢就!”我又问起我们的小胖领队，冲线胜利时有什么感受，她坦白说哭了，“是像一个小孩那种号啕大哭”，她认真地补充说。

看着窗外逐渐蒙眬的田野，我又一次感慨万千，想到香港，想到韩国，再回头看看这个匈牙利的赛场，想着每次胜利时飘扬的国旗和这一群面色黝黑、体质壮实的顺德农民，以及这两者之间的关系。他们不久前还在顺德家乡的土地上种田养鱼，他们没有高深的文化素养，没有文雅的言行，甚至因为蹲在路边吸烟的行为而被外国警察查问。然而正是他们的团结一心舍命拼搏和永不言败的精神，才可能赢得鲜艳的国旗在外国上空高高飘扬。他们没有编制，没有公职，更不是党员身份，他们每天要进行四五个小时的高强度训练，比赛时一天要参加五六场决定性赛事，然而，他们可以把盒饭吃得津津有味，他们可以在地上铺一张尼龙布就安然睡着，他们珍惜每一次训练，参加好每一场赛事，因为每一次提高成绩，每一次争金夺银，都是他们下一次机会和荣誉的阶梯。他们艰苦而不言苦，争辩而不争斗，失败而不溃败，胜利而不自利，这就是这支队伍的品质。这种品质，才是惊天逆转的深层原因。

我们常说弘扬顺德精神，其实真正的精神都不是某位仁兄用漂亮的语言总结归纳出来的，而是在千万个最普通的人身上身体力行的那些优秀品质。而优秀的品质，都必须是千锤百炼，才会玉汝于成！

晚上接到国家龙联秘书长的电话，说世锦赛组委会鉴于中国队的出色表现，决定授予中国队为大赛总冠军！

匈牙利布达佩斯
2013 年 7 月 29 日

三、华桂园庆功

在匈牙利世锦赛最后一天，中国顺德乐从龙舟队再夺 500 米金牌。在之后的颁奖环节，就任国家体育总局社体中心主任的冀先生就表示，顺德乐从龙舟队获得的大赛总冠军这个金杯，他要亲自过来祝贺。

7 月 31 日，龙舟队全体成员安全返回家乡顺德。我们就开始积极高效地筹备总结庆功会。

几经请示，决定在 8 月 7 日举行庆功会。

时间很紧，我们马上投入紧张的筹备中，有几个主要问题必须解决：

其一是奖杯。总冠军这个杯，又叫国家杯，但刻在杯子底座的中文，却叫“最佳团体奖杯”。叫法不同，但这是赛事的最高奖杯，却是笃定无疑的。问题是，这个杯是一个流动奖杯，到下一届谁得冠军就到谁手上。所以，国家社体中心主张我们自己仿造一个以作保留。因此我们赶忙下单订做，赶在庆功会前做好。

其二是奖金。因为在行程前我们就已向龙舟队定好了奖励标准。但按照我队取得的成绩，加大一点奖励是应该的。因这次出赛主要由社会企业，特别是得到乐从团亿家具集团和乐从东箭汽车用品集团大力相助才得以顺利成行，所以奖金应该由政府奖励

世界龙舟锦标赛庆功会合影（乐从镇体育总会摄）

为好。回来后我们向镇主要领导作了汇报和提了建议，书记镇长十分支持，爽快地决定由乐从镇人民政府奖励 50 万元。区文体旅游局也表示支持，他们按程序申报奖励。

其三是人员邀请。因这次出赛代表国家，所以邀请国家有关部门领导出席庆功会是必不可少的。几经联系，冀主任终因工作忙而未能成行，改派国家社体中心副主任刘女士及国家龙舟协会秘书长余先生二人为代表出席。省社体中心主任麦先生也欣然出席。我龙舟队弥补了在惠州赛事过失的遗憾，在本次大赛表现出色，终令麦先生心悦释怀。当然，主要工作就是由区、镇主要领导和相关领导邀请和落实。

我心中最大的愿望是对支持赞助我龙舟队的几位企业家的邀请参与，让他们分享龙舟队的成功和喜悦，也让社会各界对他们有更充分的认识。因此最后落实了罗浮宫家具博览中心董事长黎经华先生的代表陈桂芳女士，乐从家具城商会常务会长、乐从家具会展中心董事长吴长显先生，东箭汽车用品有限公司董事长马永波先生的代表马永江先生，团亿家具集团有限公司董事长何志勇先生的代表邓先生等四人出席。

还有就是媒体朋友的邀请和见证，通过他们留住这历史的一刻。

其四是地点和流程。作为代表国家出赛的顺德队，赢得成绩，自然要在区级的层次予以表彰，顺德华桂园就成为庆功会的必然之选。在流程方面，区文体部门主持和敲定了整个流程：领导讲话，颁授奖杯，乐从镇主要领导赠送奖金支票，区镇主要领导向赞助企业家回赠纪念品等环节。

8 月 7 日下午 4 点，我与镇长同车从乐从出发。不久天色骤变，大雨滂沱，行走在一环和南延线上，雨水拨刮着向前行驶的车身，车速受限。我不知这场雨预示着什么，是前行的困难，还是勇气的考验？这些年来，龙舟事业有成绩，有进步，也有困难，而每当到关键环节，坚定的意志、灵活的策略、有关方面的支持，加上一点点运气，基本上都能顺顺利利，吉星高照。所以，面对风雨，何惧之有！况且，在这个季节，风雨过后，必见艳阳！

5 点半过后，庆功会正式开始，礼行如仪。

6 点 15 分，区主要领导到达，我们一众到华桂园门前集中照相。如前所料，此刻风收雨止，夕阳如画。我抢先用手机拍下这难得一见的最美华桂园景象：背景是雨后的蓝天，浓淡不同的云霞在舒展装扮；桂畔海在远处碧波荡漾；主入口的门庭和绿树在夕阳照映下分外耀眼；庭院正中央，五星红旗高高飘扬，旗风猎猎，力撑蓝天！我觉得这一刻十分奇妙，突然想起这次赛事的所有国旗的升旗场面。华桂园这面国旗，与匈牙利赛场飘扬的国旗一样，都是我们顺德人民热爱家乡，敢为人先，舍命敢搏，为国争光的写照，而这，也是我们顺德发展前行的强大精神力量！

照相完毕回到会场，区主要领导是调动气氛的高手，整个晚会在他的调度下，气氛一浪接着一浪，高潮迭起，直至完美落幕。

华桂园，她最美的一刻，永远留在我们的记忆中。

顺德乐从

2013 年 8 月 8 日

四、龙舟与世界

在顺德龙舟队员顺利回家，并参加完区委组织的庆功会后，顺德组队参加匈牙利世界龙舟锦标赛完美落下帷幕。此次行程近 2 万公里，行程 11 日，组团 30 人，参加 8 项赛事，收获 4 金 2 铜，超出预期的结果。顺德龙舟队奋力拼搏，勇夺桂冠，扬威国际，为顺德争光，为中国争光。

现在，随着紧张兴奋的心情恢复平静，我们得以从容的心态和宏观的眼光回顾匈牙利赛事的背景和精彩之处。

很多人一直认为匈牙利人的祖先来自匈奴，因为历史上匈奴被汉朝打败后，其中一支向西迁徙，一直打到匈牙利此地。匈牙利英文 HUNGARY 前面的那个 HU，有人认为跟汉语“胡（HU）”的拼音是同源；而我们历史上把包括匈奴在内的北方民族统称胡人，所以有此一说。不管怎样，匈牙利人对自己的祖先来自东方这一说法是深信不疑的。赛格德城外 40 公里的地方有一个博物馆，里边耸立着匈奴王阿提拉的雕像，还有一幅近 200 年历史的油画，内容就是以阿提拉为首的 7 个游牧部落征服当地的历史画面。每年的国庆日，政府总理都要来这里祭祀。

事实上，匈牙利的历史记载是从公元 896 年开始的，因为这时的匈牙利王正式被罗马教皇加冕，意味着这个民族被正式接纳。在此之前，她的历史混乱而缺乏记载，包括阿提拉死后部落势力败落，周边的民族，特别是来自西北方的另一些部落伺机侵入，逐步成为当地主人，所以今天的匈牙利人有金发、棕发也有黑发。来自东方的历史并不妨碍他们在思想灵魂深处接受基督的信仰，所以尽管苏联人曾为匈牙利人的“解放”作出重大牺牲，但今天的他们并不心存感激。

作为一个曾经强悍的游牧民族，匈牙利曾有较大幅的领土，有自己的语言文字，但自从近代以后，不断被周边的大国挤压侵占，比如曾被奥斯曼帝国统治，被并入奥匈帝国，被苏联统治等等，到如今已变成仅有 9 万平方公里的国土和人口不足千万的中欧小国。

我们居住的赛格德市是匈牙利第四大城市，人口 20 多万，离首都布达佩斯近 200 公里。这个城市除了中心广场一带比较鲜亮外，其他地方可以用“老旧”来形容，队员们住的酒店起码有半个世纪。但这个城市绿化很好，主要的街巷绿树葱葱，花开处处。人们生活得非常悠闲，他们一杯啤酒或一个雪糕就可以打发一个下午。习惯了过去计划经济的传统，现在又跟随欧洲的高福利政策，人们生活无忧，但国家经济却日渐衰退，货币币值大幅下滑，人民币与匈牙利货币福林的币值比例是 1 兑 38，所以带去的钱都很好用。

匈牙利是水上运动的强国，尤其是皮划艇，其发展水平执世界的牛耳。包括中国在内的许多国家教练和裁判，要想得到国际认可的资格，都必须到匈牙利参加考试过关。这次大赛我们就碰到从中国过去的十多位教练在那考试。

也许是祖先追逐水草而居的基因，加上地处多瑙河中下游河流较多的条件，匈牙利人非常热爱水上运动。赛格德市也因为拥有一条较为宽阔的河流而发展起她的城市、商业和文化。本次大赛的开幕式和 2000 米环绕赛就在河道上举行。我们提前一天去熟悉场地，只见河岸树木葱茏，河水清绿，水上有一个个小不点的孩子在抡桨划艇，逆流而上，后面跟着一只小汽艇指导保护。岸边还设有一层层的水泥梯级作为观众席，看来这里作为重大活动场所已有远久的历史。

从热爱水上运动和皮划艇到发展龙舟运动，那似乎是顺理成章的事。匈牙利队派出大量的人员参加本次赛事，特别是以青少年居多，总体成绩处于优秀水平。

对我们来说，这次参赛除了取得优异成绩，其实还有重大收获，那就是观察到世界各强国的龙舟发展水平和世界大赛的组织方式，这对我们尤其具学习借鉴意义。

从参加大赛的各队表现来看，除中国外，加拿大、美国、澳大利亚、德国、匈牙利、捷克等，都属世界龙舟运动的第一流队伍，其中尤以加美、澳最为突出。为何这三国发展最突出，共同的原因可能有：他们大体都属同一人种（英国后裔），身上都有热爱运动的基因；他们都属海洋大国，喜欢水上运动；三国都有大量中国移民，特别是加拿大队，几乎有一半是中国后裔充任队员。中国人把龙舟文化带到大洋彼岸，糅进西方的主流文化当中。龙舟运动在他们看来，是热爱运动，与水为伴，团结合作，拼搏争先的体现。

在参赛的过程中，观察和学习这个世界大赛的组织运作方式是我们最大的收获之一。我觉得他们的组织方式有这样几个主要优点：

一是民间组织。这项大赛的主办方是一个叫国际龙舟联合会的国际机构（英文简称 IDBF），没有政府背景。由于这个机构有中国人尤其是港澳同胞的积极参与，所以机构的标志上还有一行中文繁体字。参与组织本次比赛的都是这个联合会的会员国家和地区。从参加比赛的 29 个机构，300 多支队伍和数千队员来看，这个机构有强大的号召力。记得这个联合会的主席（一个英国老头）也曾来过顺德乐从龙舟基地参观指导。

二是自发参与。据了解，大多数参赛的队伍都是自筹经费，甚至是队员自己掏钱参加的。我在比赛场上认识了一对加拿大籍中国老夫妻，他们有两个儿子参加了赛事，当然，他们都是自己出钱过来的。老先生是加拿大龙舟运动的鼻祖之一，他本人就组织了4支龙舟队，不计成本和报酬。同样，我也认识了一个来自澳大利亚的龙舟家庭，是一个热爱龙舟的英国裔母亲带着三个女儿自费参加了本次赛事。在交谈中，其中一个女儿骄傲地说有一个姐姐在台上领奖。像这种来自民间热爱和自发参与的良好的社会基础，是发展社会体育运动的重要保障，而像我们政府那样的大包大揽，是难以为继的。

三是低廉运作。这次参赛给我印象最深的是赛事组织的节俭和低廉。与我们习惯上的大操大办相比，本赛事可说是异常节俭，甚至吝啬得有点过分。各国的队伍除了自费参赛，自己解决来往机票、住宿和饮食问题，还要交参赛费。开幕式简单而刺激：各国队伍先行集中巡游，然后在河岸边的主会场按划分的水泥阶梯坐好，没有椅子也没有饮料。主礼台搭在河边，只有几十平方米，没有领导讲话，只有一个大胖子主持人在讲话说笑和唱歌。在人们不太注意的时候，主持人说了一句："飞机来了！"只见一辆飞机呼啸着从远方飞来，然后突然间穿过桥底，又呼啸着升空，如此反复多次，激起观众阵阵尖叫。整个赛事也只有奖牌没有奖金。最后的闭幕式邀请全体队员参加，但每位须交25美元，进场后只有一杯啤酒一块面包。所以，赛事并不需要花很多钱。相比起我们一场中华龙舟大赛就花一千多万，真是对照鲜明。

四是公正裁决。这次比赛虽然吝啬，但在设施、裁判和检录管理等方面却十分精细。印象最深两点，一是在起点管理。他们没有在船尾搭一个出发台，也没有安排专人拽尾，而是在龙头位置设立一个充气挡牌，发令时挡牌突然放平，龙舟就可以出发。

这样做大大减少了人为的因素（如放行的时间不一致）。二是在航道管理。了解龙舟运动的人都知道，龙舟在划行时会形成很大水流，有些队伍会紧靠别人的航道利用水流带动前进，然后伺机超越。我们在温州和仙湖败给麻江队，都是这个原因。但这种情况在本赛事是明令禁止的，如果发现某龙舟有靠近别人的企图，跟在后面的裁判会发出纠正指令，组委会会发出警告，严重的会取消成绩。这一点是我们国内大赛需要很好学习借鉴的。

五是崇尚精神。本次参赛最大的感受是整个赛场及各国运动员那种热爱龙舟，崇尚体育，自我挑战，追求荣誉的精神。看得出很多运动员都没有什么心理压力，说得贴切些，很多人是来“玩”的。他们也许没有什么金牌指标和名利考虑，更多的是追求那种竞赛的体验和夺冠的激情。这种精神层面的东西超越了名利的顾虑，所以，大家都能放下包袱，尽情拼搏。折桂固然高兴，老二老三也都不错。所以我们学习既要追求金牌，更要超越金牌的精神。

在加拿大队伍中有很多中国人，我特别留意的是一个中年的小个子中国裔女人，她是其中一支强队的鼓手，比赛时她坐在船头忘情挥棒，领奖时她满心喜悦高唱国歌（当然是加拿大国歌）。看着一群群中国面孔唱着别国国歌，对自己的感受真是一个很大的挑战，尽管我自己也出国生活过。

但也许这正是世界的精彩之处，你中有我，我中有你。在体育这个人类体能和精神的竞赛场上，其实不应过于强调种族和名利之分。体育的精神，与其说是人们彼此之间的竞赛，还不如说是人自己与自己的竞赛，别人只是一个参照。因为只有超越了自己，才能最终超越别人！这就是体育的哲学和她的魅力所在！

顺德乐从

2013 年 8 月 22 日

流水，行舟

偶尔会做一些有别常态的事。

今晚饭后，我路过乐从龙舟训练基地，就把车停在门口，独自一人逛进去。

那已是晚上九点多钟的光景，看门的黄狗已趴在地上，它懒洋洋地瞄了我一眼，又沉沉地睡去。园内树木浓密，我看不清自己的鞋子，深一脚浅一脚，走向沙良河边。

基地很静，与不远处学校的灯火和夜店的喧闹，形成强烈的

本书作者与作家岑桑在乐从龙舟训练基地

反差。几条龙舟，静静地拴在小河湾的木桩上，隐约显出浅白的影子。也许白天的竞逐仍留下强大的气息，所以晚上的寂静仍充满着内在的张力。

我也说不清来基地的确切目的，这对平时做事计划性强的我，有点不可思议。是的，昨天已慷慨激昂地开过动员会，今天下午龙舟队大队人马已出发天津，现在除了看守基地的那对夫妇，营地已空无一人。

我却在此时此刻来到龙舟基地，一个人。

值班室亮着黯淡的灯光，看守基地的两夫妇还没睡觉。跟他们打过招呼后，我选了河边一块干净的石阶坐下来，慢慢地独自享受这静静的一刻。

沙良河并不宽阔，但看起来小巧美观，河岸绿草萋萋。很多朋友来到此地都说绿野开阔，心旷神怡。沙良河水是直接从英雄河引入改造，穿行乐从中部，水向东流。此刻寂静夜中，流水汩汩，凉风丝丝；树影憧憧，月半依依。

记得与一个男人谈天，他说最喜欢看女人的背影。他说女人背影的美才是真的美，且不说那种曲线婀娜，最重要的是她的气质和内涵，只要看背影就会清楚。这真是一个独特的理论。

我这样下意识地来到基地，也许是基于内心的一种牵念，也许就是想看看一个跟白天不一样的基地，或者说看看她的背影。但是，在这样宁静的氛围中，白天的一幅幅画面却愈发鲜明：紧绷的肌肉、紧张的表情、浪花四溅的龙舟、从腹部深处发出的吼叫、欢欣的场面和飘扬的旗帜等。每一个场景的回放，都伴随着强烈的情感共鸣，内心的冲动和喜悦油然而生。

其实，我想看她的什么背影呢？

最近我的同事说，我们已共获得 88 个冠军奖杯，年内争取 100 个，这真是激动人心的成果。奖杯奖金固然重要，但对我们

乐从龙舟训练基地

来说最重要的又是什么？

记得1988年第一次登泰山，我们先乘车到半山腰，然后坐缆车上南天门，再步行到天阶，可以说是顺风顺水高效快捷，在兴高采烈地登上泰山之巅时，总觉得比起那些一步一个台阶的艰苦爬登者而言，我们来得太快，因而心生忐忑。无疑，这两年我们为龙舟的辉煌付出了艰辛的努力和智慧，但也有种种条件和机遇垂青，因而对取得的成绩，绝不能居高自喜。事实上无论国内国外，不断有强队崛起，我们也屡遭败绩，所以我们的事业仍然要清醒和努力。

我在这样静思的时候，河面上有一团黑影浮水而来，靠近了才看清原来是一条五人龙舟艇在夜练，几个肌肉壮实的汉子在整齐有力地划水，还听见一把压低声音的嗓子在数数。一阵划水声过后，小龙舟消失在夜幕中。

我忽然心生出许多感动来，感叹在今天现代化的生活条件下，屋有冷气出入有车，但仍然有一大批热爱龙舟的人群。与其说他们是在健身运动，不如说他们是在顽强地传承着一种不畏艰辛、奋力拼搏的精神。这种精神难能可贵，这种精神是顺德之根本，只有秉持着这种精神，我们才不会因发达而退化，因富裕而贫穷，因领先而落后，因成功而失败！

夜深了，我是静悄悄地离开了龙舟训练基地。

顺德乐从

2013 年 10 月 11 日

2013年顺德乐从龙舟队天津征战小记

代表国家参加10月13—15日在天津举办的东亚运动会龙舟赛，是顺德乐从龙舟队今年继匈牙利龙舟赛之后的又一次国际性赛事，各方对此高度重视。在赛前的一个月，我队就开始集中训练，并随时接受来自组委会的飞行药检。

2013年10月11日，龙舟队大队人马奔赴天津。我们后续几个工作人员则在13日中午才赶到天津。出发前已知天津温度大幅下降，但到达赛场才真正感到冬天般的湿冷，温度大概只有6℃～7℃。寒风瑟瑟，冷雨一阵阵地浇泼下来，我们把带去的厚衣服穿好才敢走出车外。

赛场设置在天津东湖水上运动中心，这实际上是一个城中的人工湖。像我国举办的各种大型活动一样，赛场的保安异常严密，我们想了许多办法才成功进入。

我们到达运动员营棚时，队员们正在休息。由于已得知上午的小龙舟比赛只得一个银牌，所以到达后领导们积极地向队员们打气鼓劲。

下午2点半，男子500米标准龙舟赛进行小组预赛。我们抽到第1航道，并与中国台北队同组。队员们在寒风中出发，我们也走到终点区观察比赛情况。冷雨在湖上积成淡淡的雾霭，幸好我带来望远镜，可以看见全貌。发令号响，我队起动正常，一轮快桨后我队稍稍领先，劲敌中国台北队却好像不紧不慢地追着我们。然而中途过后，中国台北队开始发力，越来越快，我们队却好像慢下了。到冲刺阶段，中国台北队已超越我队第一个冲线。我队得第二，只好进行复赛。而第二组的日本队也以小组第一出线。这样，我队将与中国澳门队和关岛队争夺决赛权。我们都感觉形势比较被动了。

复赛前，教练的部署是尽量在复赛中得第二，然后进入第4航道以便与中国台北队再战高低。然而复赛开始后三个队都想得第二，所以彼此你看我我看你，都不想抢先。这样磨蹭了一分多钟，三个队还是拉扯不开。在此情况下，我队为避免不测，还是率先冲线。这样就意味着我们在决赛中还是在第1航道。

半小时后，500米标准龙决赛开始了。中国顺德队、日本队、中国台北队、中国澳门队依次排在第1、2、3、4航道。看情况我们难操胜券，只能奋力一战。发令起动后，我队仍然以一轮快桨领前，但也是在中途被中国台北队赶上，到冲刺阶段，我队虽奋力向前但速度仍慢，最后中国台北队第一个冲线，日本队居然超越我们得第二，我们仅得第三。冲线后的日本队兴奋地向我们发出号叫。

第一天的比赛我队仅得一银一铜，可以说开局不利。14日大会安排休整。我们有时间对赛事进行总结研究。

我们认为，影响首日赛果的原因有几项：

一是天气。天津的气温从超20℃突然下降到10℃以下，再加上凄风冷雨，对来自南方水乡的顺德队员不能不造成严重影响，肌肉和体能都施展不开。

二是航道。从三个队在复赛中不约而同的“斗慢”以争取进入第4航道，最清楚不过地说明第1航道确实不理想，而恰恰我队预赛决赛都摊在第1航道。据天津园林处的人员私下说，第1航道位置的水位的确比较浅，这不能不影响到龙舟的行进速度。

三是实力。从比赛期间收集的情况得知，中国台北队对本次比赛做了充分而周密的准备，他们把从事奥运急流回旋项目的专业运动员作为龙舟队员进行针对性训练，并以争取四个项目的金牌作为目标，这与我们的实力和目标正好发生激烈的碰撞，大陆的大龙和台北的小龙，不可避免发生一场激烈争战。

四是战术。从近年我队的比赛情况看，其技能战术已基本定型，那就是“一口气”战术，一鼓作气划到底。这种战术在200米项目中可谓发挥极致难逢敌手。但在500米项目中，因距离较远时间较长，“一口气”战术难以坚持到底，往往到最后就后劲乏力。如遇到较强体能又有战术意识的队伍，我们往往在最后输掉比赛。因此，500米项目我们必须改变固有的技能战术。

我们基本就上述几点达成共识，并为明天的比赛做了周密的准备，特别强调了队员的保暖和餐饮问题。

10月15日是200米比赛项目，也是整个东亚运动会最后一天比赛，我们队参赛的总体表现就看这一天了。

早上起来，看见阳光普照天公作美，队员们信心十足。200米小龙舟预赛在上午9点开始，我们还是抽到第1航道，但我们并未过分担心。检录完后，身着白衣的“中国龙”出现在碧波荡漾的湖面上，龙舟时而急桨疾走，时而齐桨慢行，恣意纵横，好一只生机勃勃的猛龙。

预赛开始了，我队起动有力迅速突前，一路领先顺利冲线，赢得毫无悬念，成绩比第2航道的中国台北队快1秒多。这样我队顺利进入决赛，并将处在有利的第3航道，而中国台北队还需进行复赛才可以进入决赛。形势对我们极为有利，回到营地的队员们心情轻松。按道理，我们能在第1航道战胜中国台北队，就能在任何航道战胜之，这是显而易见的。

上午11点左右，200米小龙舟进行决赛，决赛的队伍还是中国顺德队、中国台北队、日本队和中国澳门队。决赛完全按照我们的预料和意愿进行，第3航道的中国队完全掌控场上的局面，“一口气”战术显示强大威力，我们顺利拿下第一枚金牌。

按照大会安排，上午11点半进行颁奖，包括13日和15日上午的获胜奖项。按程序我队将参加500米的银、铜奖颁奖礼和200米的金牌奖颁奖礼。据说整个颁奖级别完全按奥运会的规格进行，所有环节严格细致，因此时间拖得很长。终于等到我们拿金牌的200米项目颁奖，看着鲜艳的五星红旗在丽日蓝天下领头升起，在雄壮的国歌声中，我长长地舒了一口气。

颁完奖已是12点多，因为200米标准龙比赛将在下午1点钟检录，所以队员们冲锋似的赶上大巴去吃饭。据有人统计从坐下吃饭到集合走人，队员们用了不到10分钟。

200米标准龙预赛在下午2点开始，我们在第2航道，结果我队以小组第一出线。经过后来的复赛，最后参加决赛的还是中国顺德队、中国台北队、日本队、中国澳门队，我队还是在第2航道。

这枚金牌是龙舟项目的最后一枚，也是整个东亚运动会的最后一枚金牌，看得出中国台北队和日本队都非常重视这枚金牌，因为它影响到整个赛事的最后排名。但国家有关方面却未有任何指示予以我队，也许是让我们更轻松地决战吧。

下午3点半，男子200米标准龙决赛开始了。我队还是一如既往地迅速带前，但马上就发觉第1航道中国台北队明显加快了节奏，第3航道的日本队也不甘落后奋力追赶，形势一下紧张起来。我队见此状况，也马上加快加力。此时日本队突然偏离航道，向左侧的中国澳门队靠过去，但很快就纠正过来。中国顺德队和中国台北队之间仍然在前突后追，终于中国顺德队还是第一个冲线，比第二的中国台北队快了不到1秒，其差距比上午的小龙舟赛明显缩小。看来中国台北队还是一支很有弹性的队伍，遇强越强。日本队第三个冲线，但怪异的是，冲线后他们并未顺着正常方向左拐划向检录处，而是把龙舟右拐冲向我们艇的中腰位置，在我队舵手的强烈喝止下，日本队才收住龙舟，不知他们所意何为！

按赛程的计划，此项金牌的颁奖将于下午4点开始。但过了4点仍迟迟未见动静，我们在公布栏等了很久也未有成绩公布。后来听说中国澳门队向组委会提出抗议，投诉日本队犯规，裁判组要取消他们的成绩。而日本队不服亦提出抗诉。这样，颁奖的时间就一拖再拖了。

在这等待的时间，我拿着相机到湖边拍照。北国的深秋景色浓烈，火红的夕阳映照出彩霞满天，金波满湖，金色的阳光穿过岸边一丛丛树木，十分透亮。此时此刻，仿佛天地间都挂满了明晃晃的金牌。

回顾这次参赛，我们取得两金一铜一银的成绩，就我们的实力而言，其结果应该是合理的，尽管我们原来期望能囊括四金。而参赛的另一个重大收获是认识了另外的亚洲强队，像中国台北队运动员的素质就令我们留下深刻印象。其实他们跟我们同住一间酒店，他们强健的体魄和良好的教养，跟其他队伍真是对比鲜明，比如与他们在电梯相遇时，这些小伙子总是点头问候，离开时总不忘说“谢谢”。我们队与他们相比，真是有一个“代差”，所以中国内地的龙舟队的年轻化、专业化和统筹持续发展，已是一个战略性的问题。

傍晚时分，终于传来决定性的消息，日本队被取消成绩，中国澳门队顶上第三名。这样，男子200米标准龙的金银铜牌分别由中国的顺德队、台北队和澳门队所获得。

颁奖礼完毕，已是日暮时分月上柳梢了。

顺德乐从

2013年10月18日

麻涌对决战

——2013年顺德乐从龙舟队参加麻涌站总决赛小记

2013年11月16—17日，中华龙舟大赛总决赛在东莞市麻涌镇举行。这场比赛备受关注，万众瞩目。主办方厉兵秣马，志在必得，意在制造“麻涌奇迹”！

麻涌镇处在东莞市西南部极为优越的地理位置，其因有广袤的平原和河网被誉为“鱼米之乡”。近年来致力发展商业物流经济，吸引了一批国企巨头来投资发展，在经济上可谓财大气粗。而得益于该地河网纵横，其龙舟活动历史悠久，基础深厚。

麻涌人在推动龙舟运动的做法上，的确有值得我们学习的地方，比如大手笔投入近二亿元在湿地公园挖了一个标准的龙舟池，联系光大集团投入1500万元冠名赞助龙舟队，因此队伍拥有极为雄厚的经济实力来进行动员奖励乃至挖角，主教练在我们面前声称“不差钱”。财大气粗高薪厚禄，加上原来我们的技术底子够强和队员较为年轻，组建后的麻涌队士气亢奋，实力强悍。从今年的江阴月城站开始，麻涌队已对我队构成致命威胁，并在500米赛事中屡次获胜。麻涌队除了拥有较强实力外，其在比赛过程中亦有其“过人”之处：他们在大赛中悬赏的奖金是我队的十倍，这不能不在心理上对我队造成极大压力；近半年来每逢重大比赛，我们和麻涌队的赛道总是神差鬼使般地粘着一起，特别是在500米比赛中他们总使用“拖水”战术，即开始比赛时把龙舟紧紧粘住我队，利用我队的水流带动前进，过半程后再发力赶超，此招屡试不爽。其实他们这种做法在国际赛事中是被禁罚的。我们的教练也屡次抗议，他们仍依然故我。

反观我们顺德乐从队，经过2012年一枝独秀的辉煌后，面对今年众多强队的崛起和挑战，我们的确进入了较为艰难的调整期。作为先发队伍被后发队伍所赶超，这也是事物发展的一般规律，因为先发队伍所暴露的问题和弱点容易被后发队伍所掌握和修整。从今年我队的表现看，暴露了三个突出的问题：一是体能问题。年龄偏大和作为农民本身的身体素质，以及在训练中缺乏针对性的体能训练，使我队在与年轻队员特别是专业运动员的比试中往往处于下风。二是技术的固化。近年我队的技术特点基本已被外队所研究熟悉和掌握，并在战术上做出有针对性的安排。而我队的技术已基本固化，要作非常有弹性的调整需假以时日。三是赛事频繁疲于作战。事实上从匈牙利赛事回来后，我队一直连续作战未曾休整：铜仁、天津、佛山、杭州等赛事未曾间断。所以从天津东亚运动会回来后，我队状态严重滑坡，在佛山东平河的国际赛事中表现失常，到后来的杭州赛事中才略有回升，夺得200米冠军。从杭州回来已是11月10日，离麻涌站的中华龙舟总决赛仅有一周时间。而强劲对手南海九江队和东道主麻涌队，都没有去杭州参赛，他们都想养精蓄锐一决高下，尤其是麻涌队对自己主办的赛事寄予莫大的期望，他们想在自己的地头“威到尽”。主教练W先生在央视的采访中放言要夺取总冠军，并要取代顺德乐从队代表国家参加明年世界性赛事！

麻涌对决战，引起无数人高度关注。

顺德乐从龙舟队于11月13日启程前往麻涌。在此之前，我曾提议让队员们休整两天，但遭到一致反对而作罢。为增强麻涌站的胜算，我们深入细致地做好每个队员的思想工作，凝聚士气，调整战术。当然，在奖金方面也作出了相应的提升。

16 日下午，我们组织了十几个中小学校长作为拉拉队到达麻涌镇。刚到达就收到消息，200 米预赛我队以小组第一出线，500 米预赛因同组的吉林北华队获第一，我们进行复赛后，也进入了 17 日的半决赛。

11 月 17 日上午 9 时半，中华龙舟大赛总决赛在东莞麻涌正式拉开帷幕。作为广东省内第一个举办中华龙舟大赛的地级市，东莞对这个赛事可谓倾力打造不惜代价。位于中山大学新华学院旁的湿地公园内，一个全新的龙舟池令人眼前一亮，路边新整理过的泥土尽管刚种上植物，但四周彩旗飘飘和成千上万的人群簇拥在赛场周围，营造了异常浓烈的竞赛氛围。

上午 10 点，大赛开幕式开始，全体起立奏唱国歌，但负责升旗的武警战士竟然慢了几拍，唱完歌后国旗还没升到顶。开幕式由麻涌镇委书记主持，一位女副市长讲话后，比赛正式开始。

首先是 200 米的半决赛。九江队和麻涌队在第一组，我队在第二组。结果乐从队、九江队、麻涌队和白云队四支队伍进入决赛。我队成绩略微领先。在这节骨眼上，我和外号“舟长”的领队心照不宣地对视了一下，并跟他说去给队员们加油，激励措施灵活掌握。“舟长”心领神会，迅速向营地棚走去。

20 分钟后，200 米决赛开始。这是我队夺冠希望最大的项目，我们志在必得！九江队、麻涌队也有实力一决高下。当四条龙舟艇整整齐齐摆在起点线上，我感到前所未有的紧张，心跳明显加快。发令号响，几条龙舟艇几乎同时起动，九江队、麻涌队以急桨迅速带前，我队紧紧追赶。一轮快桨后，三条龙舟艇几乎齐头并进。临近冲刺，我队越划越快，反超其他各队，并以略微优势抢先冲线，以不足 0.2 秒优势获得第一，九江队、麻涌队各为第二、三名。我们有一金在手，下来比赛就主动了。反观麻涌队在

200米只得第三，肯定会有所动作，力争500米项目夺冠。

当我们又一次站在200米冠军领奖台，深感到在这强手如云当中，冠军成绩真正来之不易！

上午11点多，200米赛事的硝烟未散，500米赛事又接踵而至！半决赛中，我队与北京队、麻涌队和汕尾队同组，天意弄人，我们又一次与麻涌队为邻！我队在第3航道，麻涌队在第2航道，汕尾队在第4航道，也就是说，我队被麻涌队和汕尾队左右夹击，处境甚忧。

事实正如我们所料，比赛开始后，我队一如既往地带前，而麻涌队、汕尾队就不约而同地向我队靠来，一左一右地跟着我队的龙舟前进，三条龙舟的速度就不知不觉地慢了下来。到了中后段麻涌队、汕尾队开始发力赶超，但为时已晚，北京队已悄悄地突前了。而慢下来的顺德乐从队反过来又拖住了麻涌队和汕尾队，令他们无法迅速冲线。结果这一组北京队以第一名出线。等到有北华队等强队领衔的第二组半决赛成绩公布，才知道麻涌队、汕尾队和顺德乐从队三支队伍的成绩都落后于第二组的队伍，因此不能进入决赛。这正中了一句俗话叫“累斗累”！麻涌队和汕尾队为自己的“小聪明”付出巨大的代价。

最后北华队毫无悬念地夺得500米项目冠军。而夺冠大热门、拥有主场之利的麻涌队最后只得第六名，顺德乐从队得第八名。但由于我队已有200米冠军在手，对各方面尚可交代，而麻涌队200米仅夺得第三名和500米第六名。所以比赛还没结束，刚才发言的东莞女副市长就急匆匆地离场了。

麻涌对决战，对参赛各方都有巨大的教益，特别是顺德乐从队和麻涌队，评估此次大赛的得失和经验，重新组建和强化队伍建设，弥补存在的不足和问题，这应该是两队接下来的重点工作。而从国家层面来说，如何更加规范各个龙舟队的建设和管理，不断完善龙舟俱乐部的组织和管理方式，建立一个更符合国际标准的龙舟竞赛环境，也会是国家有关部门接下来的工作方向。

麻涌对决战，开启了中国龙舟发展一个新的时代。

顺德乐从

2013 年 11 月 20 日

枫叶未红战犹酣

——2015年顺德乐从龙舟队征战加拿大纪实

一、颠倒日夜

两年一度的世界龙舟锦标赛，这一次选在加拿大安大略省的韦兰市静水区举办。这个地方离世界著名的尼亚加拉大瀑布仅仅20多公里。尼亚加拉大瀑布的彩虹桥对面，就是了不起的阿美利加合众国。

匆匆两年，当年参加匈牙利第11届世界龙舟锦标赛的景象还是恍如昨日，现在这个世界龙舟界最大的PARTY，第12届赛事又在北美的枫叶之国上演了。

2015年8月16日，我们乘坐香港国泰航班于当地时间晚上8点多到达多伦多，再转乘两个多小时的大巴到达著名的尼亚加拉瀑布城驻地，已是临近午夜，这意味着我们在飞机上度过了漫长的15个小时的“机眠”后，又被迫上床睡觉了。心有不甘加上饥肠辘辘，我们几人在整理好行李后就第一时间去感受这个美加边城的午夜魅力和美食。由于时差的原因，我们心里一直牢记现在只是祖国的中午，是应该“吃饱”的节奏，于是在一家颇大的PIZZA店，点了一荤一素两个中牌PIZZA，外加沙拉和薯片，就开始狼吞虎咽。然而虽说是中牌的分量，但确实太大了，最后吃不

枫叶未红

完“兜着走”。

边城午夜的时光还是灯红酒绿游人如鲫，街道两旁的霓虹灯闪烁不停，酒吧还曝出强劲的音乐。除了饮食店档，城区还有旅游品商店、奇幻游乐馆等，特别瞩目的是充当了城市之眼的游乐场摩天轮，其缓慢转动的圆形绿光，可以想象出这个城市的最新建成时间，也应该是 20 世纪 90 年代。回到酒店后，心里想权当午睡一下吧，怎知一睡就睡到当地 8 月 17 日的早上了。

二、世界龙聚

今天龙舟队的任务是适应性训练，晚上参加开幕式。

上午10点，队伍集结上车，奔赴20多公里外的赛场训练。汽车驶离市区不久，就好像开到乡下了！公路两旁大片大片的林木，中间夹杂着一些玉米和豆类植物种植园，还有很多土地长草萋萋，其原始和淳朴状况大大出乎我们的意料，令我遐想到这个几百年前印第安人居住的家园也许未曾变样，只是历经流血而改换了主人。的确，美、加的历史文化中依然保留着大量的印第安痕迹，比如“尼亚加拉”这个词就来源于印第安语，意思是“雷声之水”，而“加拿大”这个名字也是来源于印第安语，意思是“村庄”。这个地区是北美著名的四大湖区，平畴千里，是世界上淡水资源最为集中的地方，可以想象无数的印第安人数千年以来

参加第12届世界龙舟锦标赛（乐从镇体育总会摄）

就围绕这片水草丰美的地方繁衍生息，可是由于来自欧洲人的冒险以及随之而来的征服，彻底改变了这块土地和居民的历史，而百年前美、加的争夺和妥协使双方国境线划分在湖区中间。

一路翠绿的渲染未能使我想得更远，因为赛场到了。所谓赛场其实是一个被绿草和野花环绕着的一泓蓝色静水，只不过稍加修饰成长方形的赛道，岸边也只建起简单的两栋楼房和观众席，运动员营棚也是临时帐篷，与我们的城市化高标准的龙舟赛场比较，人家真是简单环保。

龙舟队员们换好衣服就登舟起航，22人男女混合的队伍就着鼓点整齐划一，桨起浪白，龙舟很快就隐没于蓝水深处。中国龙舟协会为参加本届赛事，一共派出4支队伍参赛，麻涌队编成男队，江苏武进队编成女队，顺德乐从队和九江队合编成混合队，南京编成青少年队，共计120多人参赛，是上届匈牙利赛事的加倍。但是武进女队和南京青少年队因签证问题未能如期成行，结果只有广东的两支队到达参赛，这完全打乱了中国龙舟协会的计划，并使本届赛事的夺金计划大打折扣。而顺德乐从和九江的混合队在赛前一个多月就编成，并在各自驻地进行合练，两队师出同门合作无间，双方队员互相熟悉友好默契，为争取优异成绩奠定良好基础。

傍晚7点，来自各国的龙舟代表队集中在尼亚加拉公园，举行别具一格的开幕式晚会。近20个国家和地区的数千龙舟健儿们聚集在面向尼亚加拉大瀑布的一个大草坪，入场式安排得温馨感人，先入场的队伍与随后进场的队伍虽然素不相识但却热烈握手击掌，大家亲密无间相互交流，最有声势的是来自瑞士的队伍，他们在队伍前面晃动着三个

奖牌

硕大的铃铛，一边前行一边敲出洪亮的声音，吸引了无数人的注意。晚会在晚上 8 点正式举行，开幕式的舞台搭建在一座建筑物的高台上，几个嘉宾讲话的内容比较简单，反倒是接下来的文艺节目很有特色。首先是一组来自日本的击鼓，鼓点整齐而非常有韵律，尤其到最后加入一面大鼓的擂动，鼓声如雷震撼人心。接着一组反映当地土著印第安人的舞蹈，几个身穿插着羽毛服饰的印第安人跳着节奏明快的舞蹈。第三组出场的是当地华人表演的中国传统舞狮，锣鼓敲得威武有力，狮子舞得栩栩如生，可惜安排在台下表演，加上灯光不足，后面许多人都看不见。之后是欧美人喜欢的流行歌舞，但此时天上开始下起小雨，我们便陆续回到酒店。

三、风雨启程

当地时间 8 月 19 日，第 12 届世界龙舟锦标赛赛程正式拉开帷幕，当天安排的赛事是 2000 米绕标赛。天气还不错，只是风比较大。主办方在水面设置了来回 500 米的浮标，也就是说围绕浮标两圈就算完成。这项赛事的不确定因素有几个：出发顺序、出发分隔时间和超越的规矩。我们队安排在第 6 位出发，加拿大队安排在第 1 位，出发间隔 10 秒，可以从左右两侧超越。从出发顺序和间隔时间来讲，对我们都很不利。随着出发令响起，加拿大队率先快速突前，之后美国队、英国队、德国队、澳大利亚队先后出发，然后到我们队出发。身穿黄红颜色的中国队一开始就用快桨快速追赶，在第一个弯道内就追上澳大利亚队，并成功地在其左侧插入，鼓手阿超不断地用左手外推做出要求让开的手势，不久我们就成功超越澳大利亚队。进入第二圈，我们追赶的目标是德国队，在超越澳大利亚队同样位置附近，我们队已几乎咬住德国队的艇尾，但德国队不紧不慢在左边堵住水道，中国队只得从右边设法超越，但德国人把艇转右，再次堵住中国队的前进。相持一段时间后，德国人加大力度发起冲刺，反而把中国队抛离了，左冲右突无果的中国队只得在德国队后面冲线。比赛结束，我们排在加拿大队、美国队和中国台北队之后得第 4 名，达不到我们期望的冲击金牌至少拿到奖牌的目标。赛事开局不太如意，大家都很平静，队员们都是久经战阵的老兵了，这样的失利没有太大的心理失落，当然他们也高兴不起来。

8 月 20 日是 1000 米直道赛，这个项目我们没有夺冠的实力，但我们都希望放手一搏！早上起来天气急剧降温，还下起了中雨，望着迷蒙的天空和北美的冷雨，我心里想天公不肯作美吗！

预赛我们队分在第一组，同组队伍中除美国队较强外，其他的日本、波多黎各等队较弱，所以我们顺利以小组第一的名次进入决赛。中午时分，决赛开始了，雨也下得特别大，风雨交加，出发点方向一片迷蒙，拿着望远镜也看不见。随着咚咚的击鼓声越来越清晰，六条龙舟在雨雾中一路冲过来，中国队几乎与其他强队齐头并进。我们都高声呐喊加油助威，然而到临近 100 多米的冲线区，加拿大队、美国队、中国台北队甚至泰国队都在拼命加速，纷纷超越中国队，中国队最终力气不济，体能缺乏优势加上冷雨影响了发挥，在最后的冲刺中以第 5 名冲线。尽管我们没有夺金的奢望，但最终得第 5 的名次还是难以接受的。上岸后队员们流露出失望和无奈，与他们握手时感到他们的手掌异常冰冻。连续两天的赛事没有获得理想的成绩，开局并不顺当，但细细想来，其实这也是合理的，长距离一直不是我们的优势，前两项比赛中由于赛制和天气的原因影响成绩也是客观事实。队员们毕竟久经磨炼，他们在默默地消融着内心的失落，准备明天再战！

四、智勇夺金

8月21日上午，天朗气清，阳光普照，预兆着一个好日子！9点正我们集中出发。经过一夜的雨水润泽，葱郁的田野在阳光的照耀下分外翠绿闪亮，湖水分外蔚蓝清澈，如果不是比赛，很想就这样静静地无言地隐没在这碧水绿野当中。我们到达赛场的第一件事就是竖起五星红旗，这面红艳艳的旗帜一旦升起就分外抢眼，马上成为整个运动员营棚区的焦点，一时我们士气高昂。

500米是一个变数较大的项目，我们有夺金的实力，但又面临加拿大队、美国队以及中国台北队、泰国队等强队的有力争夺，如何扬长避短呢？经过分析研究，我们队决定先保留实力，在第一轮预赛中争取落败，通过半决赛选择边上有利的赛道，以利决赛发挥。500米预赛开始了，我们一直带前到300米后开始放慢速度，看着旁边的队伍一个个超越，我队最终以小组第4名冲线。然而，中国台北队显然也抱着与我们完全一样的想法，故意拖慢速度冲线，结果造成中国队、美国队、中国台北队一同进行半决赛。半决赛中我们队依旧是一路领前，中国台北队一直紧跟我队但也不想超越，结果我队以小组第1名冲线，中国台北队第2名，美国队第3名。这样，500米决赛的赛道排列就是德国队第1航道、泰国队第2航道、美国队第3航道、加拿大队第4航道、中国队第5航道、中国台北队第6航道。对于这个排位我们还不甚满意，我们愿望中的第6水道被中国台北队占据了，迫使我们要面对右边加拿大队和左边中国台北队的两面夹击，我们只有无所畏惧一往无前尽力一拼了！

中午过后，500米混合项目决赛的号令打响了，我们队几乎在响号的同时强有力地启航，十余桨后我艇就迅速领先，其余各队也奋力追赶，一时间桨如飞翼，浪花溅空，两岸喊声如雷，中国队完全发挥出高桨频的技术优势，又保持着强劲的划水速度，因而一直保持较大的领先优势。转眼间临近冲线了，中国队进一步加快桨频越划越快，而原来处在第3位的泰国队也飞快地赶上来并逐渐超越加拿大队，最终中国队率先冲线获得冠军，并领先第2名的泰国队1秒多，加拿大队得第3名。这是一个畅快淋漓的胜利，无论是启动速度、桨频把握和划水效果均发挥得非常出色，最重要的是队员们的心态非常沉着又战意高昂，在众多强队的竞争当中不畏强手最终夺冠。决战后的龙舟慢悠悠地经过观众区，接受岸上人们的掌声和祝贺，当中国队经过我们对开的湖面时，我们忘情地高喊欢呼，几个眼浅的女同胞眼含热泪，刹那间我也有流泪的冲动但最后忍住了。是啊，这是多么令人高兴而感慨的时刻！接连两天赛事成绩不理想的憋屈，通过这样一场畅快的胜利得到尽情地宣泄，这场胜利极大地鼓舞了全队上下的士气，并为接下来200米的比赛坚定了信心。夺金的喜讯迅速传到国内家乡父老，他们纷纷发来祝贺和鼓舞的话语，媒体也迅速报道了比赛胜利的消息，乐从和九江市民一片欢欣。胜利得之不易，胜利鼓舞人心。当天下午进行了颁奖仪式，当高举五星红旗的队伍出现在颁奖的通道上时，当队员们整齐地站在最高的领奖台上时，当全体站立奏响国歌的时候，我们全体人员都洋溢着无比的喜悦，那种无法用语言表达的欢乐和自豪如火一样烧遍全身。此刻我又想到匈牙利赛格德，想到韩国釜山，想到天津，想到每次龙舟队夺冠后的升国旗奏国歌，想到能够以其中一员参与见证为国争光的光荣时刻，心中心潮激荡：只要这面五星红旗高高飘扬，我们所有的努力和汗水都是值得的。我们不要埋怨每天训练和每次比赛的艰辛，也不要失意于某次挫折和失败，龙舟的成功是通过每一桨坚实的划动而前行的，不能有任何的大意松懈，更容不得装模作样出工不出力，在通往胜利的道路上，唯有艰苦努力和团结拼搏才是唯一的正确路径。这也说明一个真理，唯有努力奋斗才是获得荣耀的唯一路径，唯有艰辛付出才是得到收获的唯一通途，舍此之外都是不道德的因而也走不远的。这是龙舟精神最根本的精髓，也是最质朴和最高贵的人生哲学。

五、悲喜两极

8 月 22 日 200 米项目比赛，这是我们混合队参加的最后一场赛事了。因为 500 米赛事顺利夺冠，队伍气氛良好，更因为 200 米项目一直是我们乐从和九江两支队伍的看家项目，一向以来具有夺冠实力，所以我们对这个金牌较有信心。

上午 7 点 45 分我们集合出发，比赛在 9 点开始。预赛我们队在第 1 组，同组有加拿大队和泰国队等强队，第 2 组有中国台北队、美国队、澳大利亚队等队，实力都不能小觑。

200 米比赛对我们来说几乎不存在策略问题，尽力发挥就好了。预赛结果我们队在两组中排在第 1 名，第 2 名的加拿大队要落后 0.7 秒，第 3 名的中国台北队落后 0.9 秒，看来局势不错！

上午 11 点前，决赛开始了。中国队按成绩排在第 4 航道，加拿大队在第 2 航道，中国台北队在第 3 航道，泰国队在第 5 航道，美国队在第 1 航道，德国队在第 6 航道。在实力相差无几的情况下，决定比赛结果的很大程度上靠龙舟起动的状况。国内龙舟大赛有人拽着龙尾，但国际大赛只靠龙头的一面挡板，所以龙舟在启动区极不稳定，尤其在水流较急的时候，预备时间越长，龙舟离开挡板的距离往往越难控制，最好的状况是贴着挡板迅速起动，但这极需经验。从望远镜看到，我们队在尽量贴近挡板时，发令号响起，我们队划出第 1 桨，但第 2、3 桨回桨有点慢，影响了起动效果，未能在开始时形成优势，结果各队几乎平拉着抢位。但是，我队的高桨频开始发挥优势逐渐突前，后面的加拿大队和中国台北队奋起直追越追越快，一眨眼功夫就到冲线了，到最后好像是加拿大队反超中国队率先冲线！当加拿大队员高举划桨庆祝胜利时，全场沸腾了。中国队输了！我们输了！这是我们各人共同的感觉！教练走下土坡脸上发黑说："他们起动太保守了！最不应该输的都输了！"我满心难过地看着他，不知说什么好！这项目一直是我们的优势，预赛状态那么好，这 200 米真的不该输啊！冲线后的龙舟一条条通过观众席，加拿大队龙舟以冠军姿态理所当然地接受观众的狂呼热赞，中国队却默不作声地静静通过，到了我们面前，我们撑着面子向他们鼓掌，鼓手阿超却把脸扭向湖面不跟我们照面，其他队员垂头丧气，他们更难过！

当我们沉浸于失败的悲情时，耳朵无意中听到英语广播公布成绩："获得第 3 名的是中华台北队，获得第 2 名的是加拿大队。"这时全场发出一阵巨大的失望的"NO"的声音！哎，那是不是我们得第一？我们都不太敢相信。广播终于说："获得第 1 名的是中国队！"是啦是啦，是我们得冠军了，我们得冠军了！我们马上转悲为喜，高兴地互相抱在一起，兴奋地叫起来，感觉像是从黑暗中跳到阳光明媚的春天。教练的黑脸消失了，脸上洋溢着笑意。当我们转过身时，发现身后全部站满了加拿大人，他们纷纷伸出手来与我们握手祝贺，我没有去数一共握过多少人的手，但我坚信这是我人生中迄今最美好的一次握手！这项赛事我们仅仅赢了 0.05 秒！不管怎样，我们混合队在参加的四项赛事中，获得 500 米和 200 米项目两个冠军以及绕标赛第 4 名和 1000 米直道第 5 名的好成绩，出色完成了赛事目标。另外，九江女队还获得一面小龙舟金牌和两面银牌，东莞麻涌队也获得男子 200 米金牌和 500 米铜牌，后来赶到的南京青少年队共获得三项铜牌。整个赛事在当地时间8月22日黄昏时分圆满落下帷幕。顺德乐从龙舟健儿在北美加拿大蓝天绿水间的激烈竞逐和精彩表现，连带着其中戏剧性的结局，将永远留在顺德乐从龙舟队的历史记忆中。

六、指点龙舟

第12届世界龙舟锦标赛圆满结束了，今天晚上我们将乘飞机从多伦多飞回我们的祖国我们的家。参加这样世界顶级的赛事，既是参与世界各国龙舟队伍的较量交流，展示中国龙舟的风采，又是对世界各国龙舟文化以及其民族文化的一次深刻的交流和了解，对此我深感获益良多。

本次比赛有几个令人深刻的印象：

首先是美加队伍的充分准备和出色表现，特别是东道主加拿大队，他们占尽天时地利，派出阵容强大的队伍，经过长时间的训练和准备，还有到现场参观赛事的拉拉队，均成为争银夺金的强大动力。而在比赛当中他们也是发挥出色，在许多项目成绩优异，连我们擅长的短距离项目，他们也是强有力的竞争者。因此现场无数次响起加拿大国歌的声音。

其次是亚洲队伍的表现令人刮目相看，其中又以泰国队和中华台北队的表现最为优异。泰国队无论在中长项目和短途项目均进步神速，尤其在后段冲刺的爆发力惊人，经常在冲线时划得飞艇击水浪花四溅。泰国队员普遍年轻体格强健训练有素，一色蓝调的紧身衣服把强健的肌肉凸显无遗，完全改变了人们对亚洲队伍的观感。他们无论成绩如何，经过观众席时总是集体双手合掌弯腰致谢，因而总赢得观众热烈的掌声。他们参加的许多项目比赛成绩优异，并专门派出电视台进行采访。中华台北队的队伍据说几乎是水上项目的专业运动员，他们个子不高但配合协调得非常好，一身黑衣打扮更显出这支队伍的神秘感，他们总在大家不经意的时候突发神威奋勇夺冠，其中1000米混合项目夺冠令人印象深刻。我们营棚旁边的日本队显然也做了全面的准备，他们每次赛前赛后都把队伍管理得非常到位，营棚的摆设整理也是井井有条，凸显了日本人做事认真的风格，可是他们在比赛中却没能获得较好的成绩。相比起我们散漫而快乐的中国队员，他们显得非常的严谨规矩。

再次就是本届赛事参赛的欧洲国家比较少，只有匈牙利、瑞士、塞尔维亚等国家，可能是路途遥远经费拮据。因为参加这样的活动基本是由民间组织的，因而欧洲队的成绩不算太好。而来自澳大利亚的队伍虽然阵容庞大，但显得训练不足，总体成绩欠佳，比上届滑落不少。

从整个赛事的氛围看，众多青少年队伍的参赛是本次赛事的最大亮点，来自各国的青少年无论在比赛中的奋勇争先，还是在赛场内的蹦蹦跳跳，都给赛场带来了极为阳光和青春的蓬勃气息。当然还有很多中老年人参与，显示了龙舟运动在国外的广泛性以及欧美中老年人强健的体魄和积极的人生追求，这是非常值得我们学习的。

七、湖上小镇

8月23日，我们顺道绕行到一个叫湖上小镇的地方。

我曾对朋友说，英国人也许是一个最不善于起名的民族，他们虽然在全世界占了很多地方，但很多地方的名字要么雷同，要么冠以一个“新”字就了事，如纽约（NEW YORK）、新泽西（NEWZEXI）、新西兰（NEWZEALAND）等。在北美加拿大许多地方，还有直接沿用印第安人的名字，加拿大、尼亚加拉、多伦多（意思是集市）等都是印第安语。湖上小镇的名字，英语直译为湖上的尼亚加拉（NIAGARA ON THE LAKE），连起名字的功夫都免了，可想而知他们在这方面的懒样子。

从尼亚加拉瀑布飞流直下的地方为起点，我们的车子一直向东沿着滔滔奔流的河岸行驶，道路两旁树木葱茏挺拔参天，夕阳下的草地野花争妍，泛彩流金。从树缝中偶尔得见的河水时而激流汹涌，时而碧绿无垠。我们的汽车以百里速度飞驰，除了几个骑行的人士，好长时间见不到人。半小时后到达这个慵懒而带点诗意的小镇。据说这个已建成 100 多年的小镇名声显赫，曾一度作为加拿大的首府。因为美利坚合众国成立后，一批忠诚于英女皇的保皇党人从美国逃亡到此，建立一个政治联盟誓死效忠英国，并与美国在此地爆发战争，直到 19 世纪中加拿大正式立国。至今此处仍然奉英女王为元首。今天，小镇已成为著名的历史名镇，一条主大街两旁排列着许多百年老屋，当然很多已经过翻新改旧，里面摆满各式食品和商品，尤其是品种众多的糕点甜食，怪不得这里的人都膀阔腰圆。值得一提的是这里的街道布置得精彩绝伦，到处栽满鲜花绿草，连灯杆都挂满了花篮。有些细叶枫树竟然提前变成红色，在通透的阳光下如精雕细琢的红色剪纸画，令人怦然心动。

稍微走远一点，就会发现许多老旧大宅，有些样子孤寂的老人家，坐在门口的木椅上，安静而敏锐地打量我们，有些则很有礼貌地与我们招手致意。他们有田有地有钱有闲，过得很舒服很写意。能够在这里立足生根，说明他们不凡的经历和家势，他们的大宅背后就是那广袤的耕地、牧场和葡萄园，再背后就是一个曾经辉煌的帝国和几百年征服拓展的历史。他们得以享有今天的富裕和安闲，除了他们的严谨守业，更主要还是他们祖先的无畏、智勇和杀戮心，不然何以造就一个全球帝国！历史发展的矛盾之处，往往就是这种先进而野蛮的征服，对于落后民族而言其结果也充满着流血和进步的双重性！加拿大印第安人如今只剩下 100 万人左右，假如没有欧洲人的入侵征服，也许数以万计的印第安部落，至今还过着茹毛饮血的原始生活。但历史没有假设也不容假设，先进征服落后，强大征服弱小那是历史的必然。假如中国没有辽阔的国土和庞大的人口，没有坚如磐石的历史文化传统，近代以来东西方列强的入侵而致国破家亡分崩离析了。要使我们民族得以生生不息屹立于世，必须要有透视未来的远见和统领万邦的气度，必须要有层出不穷的创新智慧，要有公民强健的体魄和开拓进取的精神动力，而任何专制、短视、内耗、市侩都会成为我们前进的阻力并招致失败。

我多希望某一天老去的时候，可以坐在中国的家门口，安享属于中国人的诗意黄昏。

加拿大 尼亚加拉城

2015 年 8 月 23 日

第二辑　四季心语

四季心语

春夜的雾

春夜，凝雾欲雨，欲雨还雾。
雨与雾，迷住着眼睛，淡化了天与地。
我，悄悄地走进了雾里。

湖面，纠结着一层薄雾，像搅拌过的一池奶水。
夜空下径直的树枝，又像一群舞者定格的手臂。
看不清路，所以每一步都好像走在浴池。

踩着上坡的路，应该走到拱桥了。
正犹豫着是否前行，后面的一个路人已超越而去。
任何时候，观望者总有千百种退缩的迟疑。

远方的灯，今晚特别的沉郁。
雨雾，还以为给它增添了浪漫的美。
原来，一盏灯的光辉并不取决于自己的能力。

春夜的雾，散布着淡淡的迷离。
淌在雾中，放任一次被淹没的快感。
无我之间，却收获更多世界的涵义。

佛山亚艺湖
2014 年 3 月 6 日

夏夜星空

有一位领导人说过，一个民族要脚踏实地，也要仰望星空。此话一出，人们竞相传说，一时成为名言。

星空，也许是人类成长所阅读的第一本无字天书。

想象一下，在漫长的蛮荒时代，我们的祖先就蜷缩在山洞口，无数次眺望深邃的星空，发出无数的疑问和想象，于是，天文学和神话，便成为人类最早的文化作品。

许多人的童年，也是在与星空的对话中成长的。记得小时候爷爷曾告诉我，每个人在上天都有一颗星星相对应，就看你能不能找到自己的那一颗。于是我常常在夏夜的晚上，躺在河边的石板上，辨认牛郎织女，银河星宿，并试图找出自己的那颗星。如果遇着月圆之夜，月明星稀，纤云弄巧，心就会随着水一般的月色，把思绪放得很远很远。

其实，仰望星空，我们要看什么?

中国人是一个早慧的民族，从日月星空中发明了中国文字和历法，发明了指引方向的罗盘，创造了阴阳五行的易理哲学以及浪漫动人的嫦娥传说等等。由此，中国文明成为远东文明的中心。于是，仰望星空，中国人发现了一个和谐的世界，发现了她的秩序和脉搏，我们倾向天人合一。

古希腊人从仰望星空中，发现了其抽象的数理和逻辑，奠定西方文明的基础。而近代西方人用科学技术和航海事业去触摸天空，颠覆了基督教长期以来所罗织的世界，他们从发现的新世界中，最终也发现了自己，一个可以主宰自己命运的人。于是，西方人开始征服全世界。

仰望星空，其实只是一个动作，真正的含义在于学会思想，真正的意义在于发现世界和发现自我，发现精神的价值和能够超越物质利益的羁绊。一个学会仰望星空的民族才可能拥有自己的思想，一个没有思想或思想残缺的民族永远只会落在别人之后。而当我们一旦拥有科学的思想，有正确的方向，有强大的动力，我们就不会盲从，不会迷茫，不会失败。

年轻人，趁着夏夜星空，去看看星月交辉吧！

南岸之秋

最先感到秋的浓烈，是晨光穿透树林的那片金色的透亮。在未曾散尽的雾霭中，那一片片飘落的树叶，装点着这秋天的画卷，散发着季节和生命的意义。

南岸的天空，已看不到雁阵南飞了，但天仍是属于那清澈的蔚蓝，蓝得使人心胸坦荡，蓝得使人心驰神往。碧透的天空，总是令人充满纯净和感激之情。

河岸的芦苇群在静静地伫立着，微风摇晃着它们依然丰润的花叶，流水爱抚着它们细长的根茎。是啊，我们南岸的水土，同样能生长出这湖泊的浪漫，让这片沃土增添着江南飘逸的风姿。

一群白鹭在河中小岛的树林边戏耍翻飞，它们早已不将人们放在眼内，这群白色的纯洁的精灵，在这葱茏而充满生机的水岸，尽情宣示着自由和欢畅。

纵使到秋天，河上的渔舟依然辛勤来往撒网捕鱼，不管秋天的收获是否更多，但东平河上这种流传千年的渔猎方式，早已超越了谋生的含义，而成为一道历史文化风景。

南岸之秋，充满生机而又蕴含变化，从季节之变到历史之变。

南岸之秋，当一排排城市森林正在河堤的边上拔地而起，千百年来的桑基鱼塘正彻底成为历史。我们祖先手锄肩挑日出而作的农耕生活正日益变成依靠大脑和智慧的城市生活，这是南岸的巨变之秋。

历史的车轮正在艰难地行走在积淀深厚的泥土上，每一步前行都要付出努力，但只有向前行才会有希望，往后走则只会见到遗留的车辙和扬弃的尘土。

南岸之秋，我们要御风驾水乘势而行。

佛山
2014 年 10 月 3 日

冬天的记忆

不知从何时起，觉得南方已经没有冬天的感觉了。

现代的城市化的生活，似乎把南方冬天的生活抹平了。现在的冬天，无非就是北方来几阵冷空气，大不了再来几场冷雨，很快就过去了。只要我们多穿几件衣服，待着室内坐在车里，加上火锅边炉伺候着，这样的冬天没什么凹凸之处。

这是现代生活的惬意和无奈。

想起我们小时候冬天的生活，其实真是丰富多彩。

初冬的时候，南方的湿气一扫而光，明晃晃的艳阳高照着，老爷子们三五成群地在门口晒太阳，手脚麻利的女人们把腌制好的腊味挂起来晒干，一串串的腊肠横挂着，一条条的腊肉垂吊着，引得我们垂涎三尺；初冬也是鱼塘收获的季节，人们把鱼塘的水抽干后，几十人围成一圈卷起衣裤“捉塘底”；当然菜地也不能闲着，在把心薯芋头椰菜绍菜等可以储存的作物收割后，就要及时种上生菜西洋菜等耐寒的品种，以备春寒时食用。

深冬的时候，家家户户就要做过年的准备了。通常先把数十斤大米和糯米浸泡在水里，浸软后就捞起来，然后舂米、筛米、晒粉。到了农历岁晚时，就择个吉日叫齐一家大小来做过年食品，一边是擀粉皮、包豆沙角、包脆角和煎堆，另一边是发酵米粉、蒸松糕。当炸油角的香味回荡在大街小巷时，我们这些小吃货们就互相串联，放开肚皮吃个滚圆，然后舔着满是油腻的嘴唇说哪家的角仔最好吃。

南方的湿冬是比较难熬的。那时我们室内没有暖气，寒风冷雨从室外到体内冻入骨髓，没有羽绒服没有防寒衣，外出回家第一件事就是把冰冷的手贴着蜂窝煤炉取暖。当然，接近零摄氏度的气温也有我们期待的东西，那就是去捡冻僵的鲮鱼。我们几个小伙伴事先约定，天不亮就悄悄起床，寒风冷雨挡不住我们前进的脚步，我们跑到很远的鱼塘去搜索。

随着年纪渐大到外地读书，随着城市化步伐的加快，原来的乡村生活形态改变了，童年时冬天的景况慢慢就消失了。田地没有了，自家做腊味油角的景象也没有了，更何谈去捡冻僵的鲮鱼呢？现在过冬简单得很，添加两件衣服，偶尔打打火锅就是冬天了，和其他季节基本没什么两样。

城市化和网络化的时代就像一部推土机，把很多传统的凹凸推平了，把四季的差别推平了，也把人的思想和个性推平了。平板化的生活使得我们淹没在大众化的潮流中，满足于做一个接收者、消费者和传播者，大家只担心自己会变成一个脱离潮流的所谓“out”者。

但我还是会怀念童年的冬天，怀念寒风中奔跑在田埂上的自由，怀念雨天里推着板车碾过泥泞的艰辛，更怀念晨光初现的冬日走向田野的希望。

冬天的记忆，是我一生难忘的财富。

2014 年 12 月 20 日

秋　意

我之于秋，可算是烙印久远，色彩斑斓。

记忆中的秋天，有的清淡如烟，有的浓墨似彩。

秋，始终有一个深刻而透彻的意义。

如秋水，我喜欢她的清澈和宁静，喜欢她的湛蓝而碧透。秋水是四季中最为迷人的形态。她可以是山谷里的清泉，可以是红树底的流淌；可以是蓝天下的倒影，可以是夕阳中的辉煌。

如秋叶，我喜欢她的金黄与通红，喜欢她的绚烂和壮烈。秋叶是四季中最为动人的颜色。她在春天里为花朵而翠绿，在夏日中为绿荫而伸张；在秋天中为诀别而灿烂，在冬天里为新生而埋藏。

如秋月，我喜欢她的银白和透亮，喜欢她的纯洁与绵长。秋月是四季中最为撩人的时刻。她使相思的人灭烛怜光满，想家的人千里共婵娟；好酒的人举杯邀明月，相聚的人花好月更圆。

如秋雨，我喜欢她的湿润和清凉，喜欢她的随意与想象。秋雨是四季中最为宜人的感觉。听着雨声像一首无调的乐曲，看着雨夜似一幅迷蒙的画像；撑一把雨伞独自漫步，任雨点洒落不透衣裳。

秋，是夏日热烈后的余韵，冬天寒冷前的变奏。

秋的意义，还在于她是一年劳动的检验。只有春天播种，夏日耕耘，才会有秋天的收获。秋天，也是严冬前的预告。只有积粮厚衣，修门整户，才能度过寒冬，迎接春天。

佛山
2012 年 11 月 11 日

说说“冬藏”

转眼已到冬天了，寒风冻雨，天地肃杀。我们每天除了想尽量在温暖的被窝中多待一会，心里还不停地想象着火锅的热气和肉类翻滚的香味，好馋啊！

昨天与朋友们讨论何为“真理”，有人说真理就是客观，有人说真理就是信仰，而最特别的说法是，真理就是需要！如果这样，冬天里赖被窝吃火锅想必也可划入真理之列了。

其实，冬天有什么“真理”可言？

《史记》上说：“春生夏长，秋收冬藏，乃天道之大经也。”意思是在大自然春夏秋冬的变化中，万物有生、长、收、藏四种不同的生存形态，用以生长和延续生命。而对付冬天，不同的物种有不同的策略，许多植物以掉光叶子过冬，爬行动物都躲在洞穴“冬眠”，而拥有思想和机器的人类却可以裹着厚衣开着汽车煮狗烹羊进补身体，以响应和落实“冬藏”的季节性要求。这可说是我们人类引以为豪的“真理”。

诚然，人类的智力和能力，今天早已超越了身体条件的物理局限，达到其他物种无可比拟的高度，可以改天换地，追星揽月，所以人类的“冬藏”已远不是寻找足够的食物然后躲藏起来的问题，而是面对有限的自然资源如何保护，有限的社会资源如何维持，有限的个体生命如何健存的问题。因此，人类的矛盾和苦恼，正是基于思想欲望的无限性与资源生命的有限性的冲突，而如何摆布两者的关系往往造就了社会发展和人类个体迥然不同的剧情变化。

人类又是群居动物，彼此间的生活和思想欲望的比较又进一步影响了人类的生活选择，很多人秉持“比别人获得更多”作为人生的信条，而生命的质量和健全则变成次要问题。但事实上，这种无限止的占有欲极可能就是人生之痛和社会之祸的根源。

所以，我们应尊重大自然和人类生命的有限性和原本意义，节制思想欲望的无限扩张，遵循自然和生命的节律和平衡，注重生命的安全与自由，和谐与幸福，从而提升生命的质量。

我以为今天人类的“冬藏”，就是宝藏于地、利藏于民、智藏于德、善藏于心，这也许就是我们“冬藏”的意义吧！

写于寒夜

2013 年 12 月 16 日

三月红棉开

三月下旬，春分时节，满街满树的红棉花都盛开了！

你看，在挺拔交错的枝丫之间，一朵朵一团团红色的花瓣绽开怒放争妍斗艳。变化，是这样的悄无声息，又是这样的惊天动地。远远望去，一路嫣红，一路风采！

红棉树，是我们岭南的名树。

记得在老家深村屋后的狮头岗上，并排矗立着六七棵巨大的红棉树，树径近丈，树顶插云，每棵树相隔几十米，其阵势威风八面，气度非凡。

小时候，我们在红棉树下，度过了不少快乐时光。每到春天，我们就盼望着红棉树快快开花，等待着她款款地旋转飘落，等待着把她们收集起来穿成一串拿回家。要不，就搜罗一堆石子，向红棉花“开火”。如果击中花朵掉下来，就高叫：“别动，是我的!”长大后，离家的次数多了，每次归途，在几里外就看见这几棵红棉树，心中特别温暖。是的，那是家，是心的归宿。

随着人生阅历的丰富，对于红棉树的意蕴有了更为深刻的理解。

原来，红棉树可不是随便种的，她一般种植在冈顶、村头、渡口等关隘要地，是一个族群存在的标志，是一个村庄的守护之神。所以，红棉树的样貌，见证着当地一个族群的历史。

而南方人喜欢红棉树，绝不是偶然的，她寄托着我们从祖先开始的根深蒂固的精神追求。是的，中国人崇尚红色，南方人尤甚。你看，婚嫁穿红衣，送礼用红包，喜宴上红皮（烧猪），挥春贴红纸，如此等等。红色代表健康、喜庆、兴旺以及生生不息的生命追求！在珠三角这块地域中，树多而花少，红色的花，就更为罕见。所以，红棉树以其粗壮的树干，挺拔的枝丫，尤其是那红艳艳的花朵，成为我们精神的向往和象征。所以，在珠三角的山冈之上、桥头渡口，一棵棵红棉树凛然矗立，守护家园，启迪我们屹立自信，发奋图强。

红棉精神，是南方人一笔珍贵的精神财富。我们生于斯长于斯，自然要秉承这一方水土，一方精神。要扎根大地，树立品格；要阳光雨露，春华秋实。

三月中艳丽的红棉花，因为对大地的情深和挺拔的正气，成就了她的美丽和灿烂。

顺德乐从

2013 年 3 月 21 日

春夜买书小记

晚上回家已近9点。停好车后，觉得肚子有点饱，决定散一会步。春夜，空气温暖而湿润。路边新生的树叶，在夜色中散发出新鲜的气味，令人舒畅。很多商铺的灯还在亮着，士多店门口聚集着三三两两的人在喝酒聊天。这一切，再熟悉不过，毕竟，我在这里生活了近二十年。

到了路口，有点茫然，该去哪里？再想想，今天是读书日，该去书店走走，况且前几天还订了一本基辛格的《论中国》，说不定书已经到了。

顺着一条老旧的路，穿过市干休所边，很快就到达目的地：先行书店。店员个子不高，却是一位年轻漂亮而有活力的小姑娘，她有一把银铃般的声音。看见我进来，她马上就认出我，转身从书柜中拿出已经准备好的书。我说不忙，我再看看。

像许多读书人一样，我的最大一个嗜好就是逛书店。读大学时已把全广州的书店都走遍了，后来到处“流浪”时也不放过任何书店，甚至悉尼的唐人街书店，香港的商务印书馆书店，都留下我的足迹。

禅城的这间先行书店，诞生于20世纪90年代，十几年间已三易其址，只是越搬越小。但可喜的是，店子里书籍的层次很高，质量也不错，所以基本上每次来都不会空手而归。

看了一圈，再挑了一本《清日战争》，就结账道别，打道回府。夜色逐渐深沉，不少门店都关门了。我夹着两本厚厚的书，走在有些寂静的路上，想着有关读书的问题。

问题是，国人为什么不太喜欢读书？

对这一点，我是有强烈的印象对比的。比如坐车时，我们的同胞们往往喜欢交头接耳高谈阔论，而英国人却往往专心致志埋头阅读。难道中国人特别聪明，不用读书？

记得前几天跟儿子说过，要学会辩证对待读书，既要读有字之书，也要读无字之书，强调要向社会学习，向实践学习；同时要学会辩证对待规则，既要遵守规则，但有时又必须打破规则，强调要创新和突破。事实上，强调社会实践和打破规则，跟勤奋读书并不矛盾，只是要善于将彼此融合。

而国人不太喜欢阅读，可能有几个原因：

首先是求学时深受老师家长的“压迫”，以致成年后读书的兴趣荡然无存。

其次是有些人不读书也能成“大器”。有人曾说刘项原来不读书！古往今来很多英雄豪杰、商家巨子，有多少是读书出身？在他们眼中，书外之书，往往更胜书中之书！

还有，事实上没有多少好书可读。中国的文化源泉当属春秋战国的百家争鸣时代，各家著述成就了中国文化的第一个高峰。以后就像孔子说的，述而不作，缺乏创新，“四书、五经”成为不朽，中国文化陷入长期停顿。近现代以来，随着大批知识分子留学回归，推动中国文化的革新发展，造就了一大批名家巨匠和经典大作，此为中国文化的第二次高峰。之后，就是大家所知道的历史。因此，不能说中国当代有许多优秀的书籍和作品可供阅读，相反，很多缺乏独立思考和思想创见的浮躁杂烩在充斥市道。因此，中国当今的改革发展实践，呼唤着中国第三次文化发展高峰的到来。

一边这样想着，一边进面包店买包子。挑包子、到前台交钱、找赎，然后夹着两本书就匆匆回家。到家门口才发现，天啊，原来忘记拿面包了！

佛山
2013 年 4 月 23 日

雨夜，换一种走法

参加今年的乐从镇自行车巡游活动有很多收获，焕发了活力，年轻了心境，赞助单位还送了一辆设计崭新的自行车。

看着日渐增多的年轻人以一身时尚的行头，骑着单车在大街小巷潇洒飞驰，心中不免有点倾心向往，我并未老啊！

于是，从今晚开始，我也变成了单车夜行族。9 点之后，我拖着自己有点肥胖的身躯，坐在十分小巧的坐垫上，上重下轻，摇摇晃晃，在蒙眬的夜色中出发。

周围是佛山市的老街区了，前几年刮起的城市绿道建设风，禅城也有样学样，在马路边划出两条白线，铺上一些绿色材料，就算大功告成。但不管怎样，总算给自行车友们留了条生路。

我就是沿着这样一些绿道，由西向东，由北往南地骑行着。记得从 1993 年起，我就告别了自行车，骑上了摩托车；2003 年起，又告别了摩托车，开上了小汽车。小汽车带给人们的便利是毋庸置疑的，它使我们的生活圈从自行车时代的五公里范围扩展了十倍以上。然而，凡事都是一分为二的，小汽车无疑快捷高效，但也使我们失去了很多自由，也来不及欣赏许多细微处的精彩。而我骑在自行车上，可以走马路，可以走绿道，甚至可以骑上行人道；可以在直路上加速，可以在拐弯处停留，可以在绿化带赏花；等等，而不必担心被测速监控和前堵尾追！

生活就是这样，有时换一种方式，换一种节奏，换一种心态，感受和结果便大相径庭，这也许就是生活的辩证法吧。

正所谓天有不测风云，骑到鸿业公园附近，天忽然下起了小雨，飘飘洒洒，纷纷扬扬。我心中忽然有一点兴奋，想起少年时也是这样骑着车上学，也是在这样纷扬的雨水中，坚持不穿雨衣，一直冲回学校，以证明自己的勇敢和毅力。

今天的我是否年轻依然？

雨越来越大，一颗颗雨滴劈头劈脑砸下来，我选择妥协了，最终冲到一座楼房的阳台下躲起雨来，心中有点无言的自嘲。要不要打电话求助？这个问题很快又被自我否决了，还是等等吧。此刻，蒙眬的夜色，半湿的衣裳，大雨滂沱中，孤独却别有一番体验。心中闪过的一丝担忧很快就消失了，相反，与大自然一种前所未有的亲近与融合，却渐渐浓厚起来！是的，此刻我就是雨水，我轻快地在空中飞舞洒落，滋润大地，然后在明日的朝阳中化作晨雾，腾空而上；此刻我就是绿叶，我在黑夜之中洗涤自己的身心，伸展自我的宽厚，释放纯净的空气；此刻我就是雨夜的玉兰，我在沐浴上天的甘霖，我在盛开美丽的绽放，即使飘落成泥，也要散发最后一缕芬芳！

这就是大自然，每时每刻都在生生不息，变化往复。尽管大自然的各种面貌千差万别，但精神实质始终归结为一，这就是我们说的“道”。所谓道法自然，是指道生万物，万物有道。人是自然的一分子，当然也要顺应天道，实现天人合一的和谐。

中国人从昼夜更替循环中悟出了阴阳之道，从万物变化往复中演出了五行八卦，这种以整体的动态的方式来认识事物，是中国人至为聪明的智慧！

顺应自然，淡泊名利的思想对我们的人生修养，是极有价值的。今天我们社会盛行的浮躁功利之心，说到底就是我们内心的欲望和攀比的落差产生难以抑制的焦灼不安，并希望用不同寻常的手段达到目的。这种心理问题已令整个社会产生扭曲和危机，并开始威胁到我们社会的健全发展。因此，改变我们的价值观和心理状态，已经成为每个成员要共同面对的问题。

所以，换一种方式，换一种心态，可能有另一番见识，另一番收获。其实，相比起权力和财富，健康和快乐更为重要；相比起机巧和钻营，踏实和勤奋更为根本；相比起热热闹闹来来往往，实实在在兢兢业业更为有用；一夜暴富令人羡慕，但水到渠成更为稳妥；名利双收令人侧目，但有口皆碑更为崇高。

自然之道，虚实相间，有无相生。过实则功利则气盛则易折，惟以谦虚为本，本立而道生。以其虚，能接纳天地而汇百川；以其虚，能融和众志以成大业。世间万物，以其无，为最终之归宿；以其无，能超越功利生死；以其无，所以无畏而无忧。因此，以虚待实，以无看有，就能实现自我的觉悟和超越！

此刻，夜雨依然，我决意再冲进雨中，踏上归途。

佛山

2013 年 5 月 15 日

兆真　万安

20世纪40年代初，日本侵华时期，疯狂的日军经常对珠三角的重要乡镇进行轰炸。在佛山镇的一次轰炸中，一个当“火头军”（厨师）的父亲和他的两个儿子失去了在佛山普君墟的简陋家当，无奈之下，他们回到了乡下深村。即便如此，他们父子三人已是上无片瓦，下无寸土，白天做零工，晚上蜷缩于一个破庙栖身。一天早上，父亲不知何故被日本人抓走，还是小孩子的兄弟俩流浪街头，无依无靠。已经“走佬”的母亲也只是叫舅舅过来看一下，之后就再无音讯。幸好十几天后，父亲被放回，父子三人抱头痛哭。

这时，有一个“好心人”对父亲说：“阿海，你咁穷只会饿死两个仔，我有亲戚可以帮你养一个！”父亲问：“你亲戚在哪?”“不远，就在东莞。”父亲听了有些心动，眼看着两个流着鼻涕，瘦猴一般的儿子，心中刀割一般地痛。过两天，“好心人”又来问：“点啊，阿海，我亲戚并非大富大贵，但他肯出100元给你。”父亲被说服了，但还是问了一句：“那将来可以返来吧?”“得得得，仔大仔世界啦!”

父亲想把大仔留在身边，送走细仔。这对兄弟只有十几岁，但都很懂事。夜深人静，明天就要分手了，兄弟情深，哥哥一遍遍地教着弟弟记熟父亲的名字及深村的地址，并对弟弟说：“如果你记不到，我就替你去。”弟弟说记住了。

第二天，弟弟跟着“好心人”离开了家乡深村。

随后，父亲又把大儿子送到广州跟一个堂叔学五金手艺，自己留在家乡附近打零工维持生计。

终于，日本人投降了。又过几年，共产党来了，穷人的苦日子终于结束了。

新中国成立后，在广州学师的大儿子回乡了，土改分田分地，父子俩分到一间旧房和几亩土地。因为大儿子有点文化，参加了土改工作，后又因为勤劳聪明，还当上深村的乡长。

有一天，正好乡长值日，他收到一封来自东莞的信件，上面歪歪斜斜地写着“南海县深村乡负责同志收”。他打开一看，原来是一封寻亲的信，要寻找父亲和哥哥。他有点不相信，世上还有这么巧的事，信上要找的哥哥正是他自己！这是失散了十几年的弟弟啊！他马上赶回家，把消息报告父亲，父子俩悲喜交加，父亲说快快写信叫他回来！

一个多月后，失散多年的弟弟终于回到深村的家乡，与父兄团聚。弟弟边说边哭，将十几年的辛酸苦水通通倒出来。

原来，那个“好心人”是一个人贩子，他用同样的办法诱骗了十几个男孩卖到东莞一带。弟弟被卖到常平一个姓陈的没有孩子的人家，说是当养子，实际上是做小苦力，放牛割草、挑粪种田样样都要做。这样的日子过了一年又一年。但是，严酷的生活并没有压垮弟弟，相反，他长成一个壮实能干的青年，新中国成立后与哥哥一样，参加了乡村土改工作，担任了村庄的党支部书记，并与一个年纪比他大的客家女人结婚了。

显然，弟弟虽然寻回父兄，但要回乡生活已不可能，因为他已有属于他的家庭和生活了。

后来，那个哥哥就是我父亲，弟弟就是我叔父。

自从我开始记事起，父母常常拿着一张照片给我看，指着说那个是五叔（我父亲排第四），那个是堂哥，襁褓中露出额头那个小不点就是我。

这样，东莞有个五叔的概念就深扎于心。

我第一次去东莞看五叔，是大学二年级暑假时，与广州的小表哥一起去的。那时还没有电话，我们先拍电报给叔父，说我俩下午4点到东莞。我们早上从广州火车站坐上广深列车，一路摇摇晃晃大半天，到常平站已是下午，出站时看见叔父和堂兄在路边张望，身边支着两辆自行车。看见我们走出来，叔父问，你女朋友呢？我说我没女朋友。他说，可是你电报说是“我俩”啊！哈，幽默的叔父在开我的玩笑。

叔父所在的常平镇漱新村地处丘陵地带，山峦起伏，土质大多是红岗泥，主要作物是水稻、甘蔗。那时当地人还很穷，房子都是用泥砖建成的。他们每天辛勤工作但只吃两顿，常常是一早上工，到10点左右吃早饭，之后再上工，下午5点吃晚饭。他们有两种小食：硬饼和糖胶，前者硬邦邦的，要用很大力气才能咬得动；后者很甜，但吃起来很麻烦，要用一根棒棒把糖胶卷起来，然后侧着脸从下面吃起，吃得慢一点就会掉地上。然而最不习惯的是那些狗虱，睡一晚上就被咬得全身起疙瘩，非常难受。

叔父育有两男两女，儿女名字中间的那个字都与我家兄弟姐妹相同，这应该是跟我爸商量好的，意思都是一家人。

在叔父家我喜欢到处乱跑。在漱新小学的后面有一片很大的荔枝园，那些荔枝树树干粗大，枝叶参天，树龄可能有百年之久了。仰望着树顶的绿叶，我不禁想象挂满果实的盛况，可惜摘荔枝的季节已过了。在翠绿的枝丫中，只有一群小鸟在叽叽喳喳。山间的凉风一阵阵吹过，我浮想联翩，仿佛置身于蟠桃园中。

当时，漱新村常常在晚上举行篮球赛。一天晚上，叔父和我一起去球场看球，篮球领队见到他，高兴地说：“万安，同我们队员讲几句话吧?”叔父摆摆手说算了。我好奇地问:“万安是你的名字吗?你不是叫兆真吗?”叔父沉默了一会才说:“你爸叫贯真,我叫兆真。但我自小来到东莞,当时的家长又给我改了一个名字,叫陈万安。这里的人都叫我陈万安。所以你的堂兄妹都姓陈,不姓蔡了。这是历史造成的,没办法啊!”说完,叔父久久地沉默了。

大学毕业后,我奔忙于自己的人生路上,很久很久都没有再去东莞了。直到90年代中后期,随着深圳的大发展,东莞也发生了翻天覆地的变化。而叔父也在当了几十年支书后退下来。时间有了,交通条件改善了,我们之间的联系就多起来,基本上每年可以见上两三回,特别是清明节拜祭爷爷,五叔通常都能回来。

与我父亲的学问深厚严谨内向相比,叔父文化不高但豁达平易,笑容可亲,我们很喜欢与他相处。正是他这种真诚热情和无私友爱的性格,最终使叔父早年的积德变成晚年的幸福。

原来叔父成家后,收养了一名孤儿,并给他改名为“耀球”,与我们堂兄弟名字中的“遥”、“尧”字音是一样的。这孩子身体壮实,于是又有了一个别号“猪乸”。成年后,叔父送他去当兵,转业回来后当了一名国家干部,在城里成家立室,且仕途不错,最后当上东莞市某国有公司的总经理。几十年来,耀球一直用他的感恩,来报答叔父的养育之情。每次回乡,总有耀球不离左右,叔父的自豪溢于言表。社会进步儿女孝顺,叔父的晚年过得很幸福。

我想,一个人的命运是一个时代的产物,一个人生活在一个灾难的时代,那只有灾难的人生。我们的祖辈和父辈,他们两代人经受的是中国近代史上最为深重的百年灾难,所谓国破家亡,生离死别。他们在肉体和心灵上的磨难,是我们今天难以体会的。如果说他们的命运能给我们一点启迪的话,那就是不要怨恨命运的磨难和艰辛，要勇于面对生活中的不幸和挫折，即使在灾难的经历中，也要坚守和弘扬人性的光辉。

佛山禅城
2013 年 9 月 18 日

茉莉花开

南方的许多花，都没有茉莉这般的香。

茉莉的花香，清纯浓郁而幽远，她芬芳着我们内心中最柔软的感觉，令人喜悦而心动。

记得小时候的夏天，特别是雨后的清晨，我挑着木桶去屋后的水井挑水，水井边生长着一大丛茉莉花。苍老的根茎，嫩绿的叶子，一朵朵娇小的茉莉花伸出树丛，洁白柔嫩的花瓣，飘散着浓郁的花香。孩童不知花开语，我模仿着母亲的习惯，给茉莉花浇上一桶清冽的井水，作一下闻花状，然后挑着两桶水回家交差。后来，我们搬家了，像这样一大丛的茉莉花就很少见到了。

多年前，我到南海九江办事，路过一个花场，看到一盆老树茉莉，其粗大刚劲的树茎和星星点点的茉莉花让我一见钟情，我毫不犹豫地把她买回家，像新娶的新娘那样悉心呵护。那时正值夏天，每当夜幕降临，新月悬空，我就靠躺在阳台上，任茉莉花香弥漫四周，沁入心脾。

可是，这一轮茉莉花开过后，茉莉就开始光长叶而不开花，即使加上肥料，定期剪枝，几经艰难之下，也只长出零星一两朵花，后来就干脆不开花了，再后来，我只好放弃了。

今年夏天，我到雁山的叠翠山庄聚会，发现泳池旁边生长着一大丛茉莉花，远远就闻到那熟悉的花香，那种直达心田的悸动又油然而生。茉莉花丛沿着护栏一溜儿长至几十米，枝叶翠绿，一朵朵洁白的花儿挺立着盛开着，即使是含苞待放的粒粒花蕾，也在欣欣然等待着绽放的那一刻。于是，我决定住下来过夜，打算在夜深人静月白风清中，重温茉莉花香弥漫的感觉。

茉莉花，美丽娇嫩又品格独特。

她的美，在于那种无瑕的洁白，洁白得不染俗尘。她天生不能承受污浊，否则她就收起花期；她的美，在于那种自由的率真，率真得无拘无束，她注定不限于花盆的约束，山野水边，才是她自由的天地，她喜欢自由的绽放。

茉莉花开，是一种有缘人的发现。大千世界熙熙攘攘，在许多人眼里，名利之外再无他物，甚至茉莉花也成为口腹之食，多少人会想象到她花开的意蕴！所以，茉莉花开，非得清幽处而不能见，非得心静时而不可闻。

茉莉花开，是一种无私者的情怀。我们要领悟花香之爱，学会无私与分享，让自己的智慧之花勤劳之叶，成就世界的美好。因为，茉莉花，只要有泥土处就会生长，只要有情人而送芬芳。

这，就是茉莉花开的境界！

顺德乐从
2013年9月27日

我的大学

——暨南大学毕业30周年回想

2014年就这样如期而至，今年既是我的半百之年，也是我大学毕业30周年。回首几十年人生，没有哪一件事像上大学这样，完全改变了我的人生命运。在我的内心中，我的大学生活就像人生的起跑区，出发后便加入了一场漫长的人生赛程。而每当命运出现转折，我就不期然地停顿回眸，然后继续跋涉。也许离开得越远，心里就越发纪念回想。是啊，30年岁月如歌，途中经历的理想与失落、成功与挫折，都是人生的收获。而我们所经历的30年，恰逢是中国大转折大发展的30年，可能没有哪一代人能像我们那样，与国家的改革历程深深地嵌合在一起，我们本身便是30年发展变化的写照。回望大学生活，她就像一把理想之火，点燃了我们年轻的心田，在我们漫长的人生中，闪耀着斑斓的光亮与烟霞，色彩缤纷，不绝如缕。

记得1980年10月，刚过16岁的我就拽着简单的行李到暨大中文系报到上学。那时，在千军万马中闯过独木桥考上大学，成为中国“文革”后新生代大学生，真如天之骄子。暨大位于广州石牌岗顶，那里聚集着好几所大学，包括被戏称为“二流子”的华工、“土包子”的华农、“正人君子”的华师和“假洋鬼子”的暨大。其实我内心并不认同这些戏称，相反我有很强的荣誉感和使命感。

那时的石牌地区还处在广州东郊，校园周边都是农田菜地，早晚还能听见鸡鸣犬吠。暨大校园不大，只有几平方公里，校园内有两个小湖，分别叫日湖和月湖，统称明湖，它应该是暨大最美的风景了。最有特色的建筑当选三个巨大的蒙古包风格的大饭堂，那是我们吃饭和举办舞会的地方，但后来却被拆掉了。

我们进校时，暨大刚复办三年，第四军医大还没完全搬走，所以校园里混杂着军人和学生，早上起床一般是嘹亮的军号先响起，随后是学生的起床乐再响。

我们住宿的第172栋宿舍（现已拆除）可能是学校最好的宿舍，外墙全部用石米铺贴，还有视线极好的阳台。三栋宿舍之间还有天桥连接极为方便，同学们喜欢在天桥休憩聊天。

暨大名曰华侨大学，但当时华侨学生还不多。在我们中文系，三个年级大概共有几十名华侨子弟，分别来自日本、泰国、韩国和港澳地区，大多数学生还是内地生。当时我们都把他们当作外国人，他们自己也是。看着他们隔着阳台讲着叽里咕噜的日语或韩语，或穿着日式长袍拖着高跟木屐在校园里游逛，堪称暨大一景。

大学生活与中学不同之处，就是其自由度的极大释放。我们那时除了有一个较为规范的课程表和学分制度外，学习的重点和方式基本由自己选定。一二年级主要是必修课，三四年级较多的是选修课。课室只有带书写板的椅子而没有桌子，上课没有排座位，也没有点名制度。学校组织还算健全，有学生会、班级和学习小组，政治色彩还比较浓。

相比起其他大学而言，暨大的校园生活还是多姿多彩的，也可以说开了社会风气之先河。

刚进大学时，就有高年级的同学教我们跳交谊舞，男生一边，女生一边，然后男女生合跳。当双方搭肩搂腰进退旋转时，还是少男少女的我们顿觉手足无措羞涩不已，但经过无数次的练习和参加舞会后，我们才逐渐适应甚至爱上了舞会。我们除了在蒙古包大饭堂举办大型的舞会，还跑到楼顶开小型的舞会。交谊舞是当时暨大十分盛行的校园文化，它扳开了我们原有的生活观念，建立起男女生之间正常交际的情谊，我们的同学都从交谊舞文化中受益终生。后来接触到一些年轻的暨大毕业生，知道他们竟然不懂交谊舞，觉得十分不可思议。

大学生活不能不提到足球。我是到大学才学踢的足球，一开始先打边后卫，后改打中卫。中文系男生少，打 11 人大场往往人手不够，勉强组队应战像医学院、经济学院这种人多势众的强队，我们就败得很惨。但打 7 人小场我们还有一拼，最好时曾夺得全校亚军。

大学时我是运动健将，连续两年获得全校运动会 400 米和 800 米中长跑第三名。后来每次回暨大总要到大球场走走，回忆那里留下的年轻身影和驰骋的岁月，但后来大球场也被改得面目全非方位不辨了。

大学生活固然学到了一些知识，但就我的体验而言，其最大的意义还在于塑造了我的人生价值观和思想体系。我就是秉持着这些安身立命的思想基础，支撑着我面对人生的变化和选择，数十年坚定不移。

回望过去，80 年代初是一个历史交错的时代，旧的时代行将结束，新的时代即将产生，是大变动的社会背景造就了我们的人生价值和命运抉择。

经过“文革”长期的折腾，整个社会氛围已在酝酿重大的变化，但旧思想旧势力还积重深厚。我们的老师基本是从别的大学调来，他们大多是“文革”前期的大学生，都有四五十岁的年纪。教材基本还是计划经济时代的东西，正统的思想和学术还是占绝对地位，马列哲学、党史、政治经济学、文学概论、文学史等等，无不充满政治性阶级性和概念性。

但是，一个新时代带来的精神和气息，还是不可避免地涌进大学校园。最显著的就是一大批外国文学和社会科学名著大量印刷出版，极大地开阔了我们的思想和视野，使我们从单调空洞的理论概念中看到另一个思想的世界。那时每天去上课，我的书包总有一本课外书，每当老师讲得枯燥时就自己读书，之后竟成为一种习惯。那时读得最多的是西方哲学、文学和美学的书，后来还读了不少经济和管理类的书，广泛涉猎不求甚解。对书本的热爱和阅读习惯就是在大学里形成的。最经典的一次是听同学讲北京路新华书店有新出版的托尔斯泰的《战争与和平》，我竟然饭都不吃就跑到书店把它买回来。好学的我晚上基本都去课室或阅览室读书，甚至为了在阅览室占一个位置，往往先用书包去占好位置才回宿舍吃饭。

作为一个交错的时代，其交错的核心当然就是思想的交错，而交错的两面，就是“左”的思想和开放思想的争持。那时，异化、人道主义甚至存在主义等思潮，成为我们学习讨论的热点话题。对西方现代思想的兴趣促使我们进一步反思批判原有的“左”的思想，对“左”的思想的批判又进一步促使我们认真研读马克思的原著甚至早期著作，以期寻找真正的答案，比如马克思《1844 年经济学哲学手稿》我就翻阅了无数遍。我曾一口气买下马克思恩格斯全集多卷，在暑假期间关起门来认真阅读。

诚然，80 年代初期是一个中国思想解放的高潮期，很多人对中国改革开放和中国政治文化作出了深刻的思考和探索，很多人试图从思想上和理论上确定一个未来中国的社会价值观，并设想其具体目标和实践途径，但可惜这类思想探索后来不得不中止了。于是，在中国的发展蓝图和改革目标尚未清晰的情况下，改革的实践就在 GDP 主义的引领下轰轰烈烈地高歌猛进了。

比较而言，也许今天的大学生们已无法理解我们那时的思想矛盾和探索，他们今天面临的更多是自身的生存和就业问题。事实上始于 80 年代初的思想探索具有深远的价值和意义，尤其是当前在 GDP 主义走到尽头时，也许我们不得不回到 80 年代初面临的问题，即“我们究竟要建设一个什么样的社会”和“为何改革”以及“为谁改革”等基本问题。毕竟“为人民改革”与“为人民币改革”两种不同的思想将导致完全不同的结果。而只有人民的利益，才是一切改革的出发点和归宿点。所以，思想的再解放再建设是目前最重要的国策之一，只有进一步解放思想才能凝聚社会共识推动改革发展。纵观历史，一个民族的发展活力取决于其思想文化的活力，唯有创造性的思想才能推动社会前进，而禁锢僵化、投机取巧、模仿抄袭等思想暗流将阻碍中国成为一个真正强大的国家。

校园生活漫长而又短暂，不知不觉就到了三年级下学期了，当老师宣布我们要做学年论文时，我才从纷乱的书海中回过神来，想来想去选定了美学作为论文题目，但其实我们系还没有正式开过美学课程，我是基于读了一些马克思恩格斯的哲学和李泽厚、朱光潜等美学家的书，并有了自己一些想法，才做这样的决定。几经努力写完论文，但是老师的评语只是“良好”，不过老师还是表扬了我“不畏艰难”、敢于挑战学术问题的勇气。到了四年级上课就开始少了，我们的学习重点转到准备毕业论文。有了学年论文的经验教训，我对毕业论文就格外重视，选题还是美学，但各项准备做得比较充分，并与指导老师反复交流请教，结果我的毕业论文得了“优秀”。

在写毕业论文的同时，我还大量地阅读经济方面的书籍，原因是当时中国的经济改革从农村取得成功，并开始转向城市和企业。社会如火如荼的改革氛围撩动着一颗年轻人的心，并导致了人生选择的重大变化。

1984年上半年，毕业分配来临了。在计划经济那时候，大学毕业分配往往一分定终身，所以很多同学为留大城市大机关出尽浑身解数，我却泰然处之。原来我的分配方案是北京中新社，回来问老爸意见，他毫不犹豫地否定了，并说“还是留在珠三角好啊！”而我的内心也不想搞报社媒体工作，我的心早就飞到火热的社会改革现场，我要成为社会改革和实践的直接参与者和见证人。于是，我决定放弃原来的分配方案，我把人生事业的起点，放在了珠三角一个三江汇聚的地方——广东三水县。

离开生活了四年的大学校园，总有依依不舍的感觉。我的舍友哭了，我也流下了伤感的泪水。告别青葱的校园，告别朝夕相处的同学，内心总觉得这只是短暂的离别，我们不久就会回来见面的。在离别之际，同学们互相写下毕业留言，有几个留言令我终生难忘。同学W说：“你原来写诗的，但后来不写了，我不知道原因。现在才知道，诗人想去写历史。”同学C说：“你为了理想的祭坛，可以毫不犹豫地奉献自己。”这些留言，成为我人生的重要动力。

现在，30年前的大学生活已经远去依稀，我们的同学很多已年过半百，怀旧之情也日益浓厚，大家见面的次数也多了起来。30年的岁月刻在各人的脸上，藏在各人的心里。相见时大家都好像回到过去，但各人的成就和生活还是会心照不宣地互相比较。据我观察，那些一开始就想“过得好”的人，30年后大多数过得并不很好；那些一开始就想“干得好”的人，虽然中间过得不好，但最终还是过得挺好。生活和命运就是这样爱捉弄人。

30年后，我们的儿女辈也要上大学了，他们的压力比我们那时要大，我们那时上大学不用学费还有补助，毕业后国家包分配；

他们现在不但要交高额学费，毕业后还要进行就业竞争。不过，这是社会进步的表现，今天他们的思想和天地要比我们广阔。如果要对他们提一点人生的建议，那就是要确立自己人生的理想、使命和勇气；要以民为师，以行为知；要先国后家，先苦后甜。

佛山禅城

2014年1月8日

正月鼎湖山

正月初四上午，亲戚朋友们都去了爬山。

我独自一人坐在阳台的树阴边看书静思。

这鼎湖山是来过无数次了，从少年到现在的中年，其中的许多时空场景还历历在目，诸如大学时来的那次迷路，我们在山路上兜转了两个小时不知所踪；1989 年来的那次偷偷潜入老鼎的白云寺，一路堪称历险。年轻时的经历让人心荡神驰，今天人虽渐老，但鼎湖山水依然翠绿迷人。

所以，应从另一个角度去看鼎湖山水了。

今年的春节天气特别好，温度适中，阳光明媚。我们住的地方名叫“品氧居”，处在山脚的密林中，边上还有一条小溪流水潺潺。且不说这个店名起得有点不伦不类，但所处的地方真是鸟语花香，水声淙淙，氧气充足，心旷神怡。心胸打开了，喜悦上来了，思想也活跃了。

鼎湖山，有“北回归线的明珠”之称。能够成为“明珠”，主要还是那连绵不绝的山林树木郁郁葱葱独成胜景。然而，林离不开泉，山林茂盛的原因主要还是要有水。眼前的小溪，其汩汩流淌的泉水正透露着鼎湖山水的秘密，她们从北岭 1000 米高处一路叮咚奏响着山林生命的旋律。

我们住的阳台一直建到树边，而栏杆恰好就是人和自然的分界线。那边，就是自然山林葱茏的生命群。一棵不知名的大树正盛开着一朵朵圆锥一样的花，在其粗壮的树枝之上，还有一丛丛细小的树苗繁殖寄生，一团团藤蔓又围着树干绕生环长，树的底部还有一簇簇灌木依势扩张。

在这样的环境里，一棵树就是一个生态群：一段树皮，能生长出另一种细小的植物；一支树丫，能承受起另一种生命的寄托。它们在同一片土地上、同一缕阳光中，共存共长。一朵鲜花不会扼杀另一朵鲜花，正如一片树叶不会消灭另一片树叶！当然它们也会有竞争，争取多一点阳光、多一点养分，但不会以消灭对方为手段。它们的成长高度取决于自身的能力，而不是通过剥夺别人增加自己的极限。因此，正是无数的树木构成了一片片茂盛的山林，而它们的共生共长构成了大自然生态的和谐。

我们人类，当然比许多动植物高级很多。人类有组织有思想，

有发明有创造，但遗憾和痛苦的是，人类的每一个进步和发展几乎都以同类的流血牺牲为代价。当人类的占有欲和贪婪欲，每每冠以宏伟的“理想”和目标时，是否想到会与另一群人的“理想”目标冲突矛盾以致发生战争和流血死亡？而无情的历史告诉我们，正是这种冲突和战争构成了人类的历史，也是这种冲突迫使人类不断竞争进步。这种悲剧也许就是人类自身与生俱来的宿命。当年释迦牟尼在菩提树下的开悟，想必是明了人类的此种痛苦，所以他以摒弃人类的贪欲为佛教的要义。但讽刺的是，很多人参拜佛祖，倒是祈求保佑他们能够实现各种贪欲。

人类的这种本能和本质，可以改变吗？我想很难。人类的贪欲，就像一个两面的镜子，一面可为善，另一面可为恶，所以隐恶扬善成为人类自修的永恒课题。我们人类，可否从大自然的和谐生态规律和哲学中，逐步学会尊重别人和做到彼此间的自律规限，学会相互关怀、共生共长，减少乃至消除贪恶思想，共同构筑一个和谐美好的人类新世界？

肇庆鼎湖山
2014 年 2 月 3 日

马年“行通济”

元宵节晚饭后已是九点多，兴致勃勃的老婆大人提出要去“行通济”，说今年她的属相财运亨通！宁可信其有吧。况且经过多天的阴冷天气，今晚元宵的月亮早早就挂在东天，又圆又大，气温也不太冷，适宜散步，就姑且一行吧。

我们从家门口的卫国路出发一直向东行。平日车水马龙的道路已被禁行汽车，一群群人踩上马路举着风车欢声笑语结伴而行，各式各样的风车和装饰物五颜六色闪闪生光，整个城市洋溢着节日喜庆的气氛。

作为一个佛山“土著”，亲眼见证着行通济近几十年历史的变迁，不能不五味杂陈感慨良多。

我们少年时的“文革”年代，行通济是被视为封建活动不能公开进行的，但民间仍偷偷地“行”。我们那时住在郊区深村，经常骑自行车进入市区。其行法是掐准正月十六的时间到市内买点东西，然后在金鱼街路边买好生菜扎，在回家路过通济桥时，把生菜扎扔到桥下就大功告成了。与今天上百万人浩浩荡荡地行，我们那时就像小偷过街提心吊胆。

行了十多分钟后，我们走到金鱼街口，只见路口被一溜水马严严实实地封住，不得出入，一排警察神情严肃地盯着人群。这是意料之中的事。记得前几年的一次行通济，也是在金鱼街被水马挡住，当时愤愤不平地骂了几句，并踢了两脚水马，就气鼓鼓地回家了。现在的心态好多了，趁着月色明亮，兴致勃勃，我们继续前行吧。

改革开放后，行通济活动渐渐恢复，参与的人群越来越多。而真正完全改变行通济的方式，始于90年代的城市向南发展，特别是同济路及垂虹路、体育路等路网建设，使卫国路以南的鱼塘和竹林变成了城市。由于垂虹路把金鱼街截断，通济桥就不得不重修了。市政府在现址重建了新的通济桥，但新桥只有文化功能而没有交通功能了。而且，行通济的时间又慢慢地改变了。原来我们老佛山的习俗是正月十六行通济的，后来越来越多的人在元宵节的夜晚就开始行，且时间越来越早，于是元宵节反倒成为行通济的主日了。

我们走到大福路口，按道理应该在这里转右了，但仍见水马在严严实实地拦住，又一排警察神情严肃地盯着人群。啊，我想完了完了，我们要多走很多公里了。在这里拦住路口，意味着要走到文华北路才能转弯进入同济东路。这样人为地拉长距离，除了面对数十万人的安全考虑，还有没有别的目的？我们回望着不断涌来的人潮，两边又有高高的铁栏杆，深知没有退路可走了，只有硬着头皮继续向前吧。

普君市场就在前面。普君墟是佛山的发祥地，里边有一条街叫塔坡街，据说唐朝时挖出了一些佛像和一段刻有“佛山”字样的石碑，于是原来叫季华乡的本地改叫佛山乡，之后叫佛山堡、佛山镇、佛山市一路而来。佛山原本就是一个实力雄厚的手工业和商业城市，南有普君墟，北有南堤墟，数百年来商业鼎盛货通四海。但近年来佛山的旧城改造把普君墟的旧貌基本扫清了，新的普君新城巍然耸立。我在想，这行程的人为拉远是否跟商业活动有关？事实上从卫国路到普君路两边有无数的商贩摊档叫卖，各个商铺和楼盘也不失时机地推出宣传。

进入2000年之后，佛山要建设为广东第三大城市，建设佛山文化，人们首先想到把自己的历史习俗翻出来装扮一番。于是粤曲祖庙和行通济等，就作为重点项目被“打造”起来了。列入议程领导重视部门落实媒体宣传，行通济等习俗就作为佛山特产越炒越烈了。“文化工程”的政绩一旦摆开，商业运作的机会紧跟其后，再赋予一个慈善活动的副题，一个传统的民俗活动就这样被“升级”了，参加的人数也飙升到近百万人。这是好事耶坏事耶？

行行复行行！从建新东路到文华北路再到同济东路，仍然是熙熙攘攘的人群，金灿灿的风车阵和两边此起彼伏的叫卖声。在经历了几个路口人群的汇合后，庞大的人流走到岭南大道的交界处，终于停滞不前了，出现了我十分担心的拥挤状况，前后左右都是黑压压的人群，动弹不得。此地离通济桥还有1000米！我反复地自言自语，禅城的警方真大胆！真大胆！想象一下，只要少数人稍稍浮躁往前一推，整个人潮便产生巨大的骨牌效应，后果不堪设想。我们紧握着手，一步步地往前挪。这几百米的路，艰辛而漫长，莫非就是元宵节加情人节的特别考验？随着人潮一点点向前行进，我们也一点点地往边上移动以防万一。此时一些不堪等待的年轻人串成一列队伍在人群中穿行，加剧了人群的拥挤，幸好大多数人还是很理性冷静。离桥头越近，人们越加兴奋，一轮轮地呼喊着涌动着。终于，我们看到通济桥前的两排新骑楼了，此时人群越加密集水泄不通，但路面逐渐分流，安全状况就好多了。

经过两个小时的跋涉行进，我们终于顺利走上通济桥。此时桥面上方满挂灯笼，四周灯火通明，桥上桥下成千上万的群众兴高采烈人声鼎沸。中央电视台的两台摄影机正在做现场拍摄，走过的人群也配合着做各种动作表情。我们过了桥到达广场，还是买了两扎生菜，一前一后地把它们扔进生菜池，还捐了50元给慈善会，再买了两个风车高高举着，顺着人潮迎着寒风归家去也。

想想如果在平时，从我家步行到通济桥不用20分钟，但我们却用了2个多小时一再绕路行了一次通济，其实目的很简单，我们所行的就是一种心愿的表达，一次体验的满足而已。

佛山禅城

2014年2月15日

冬日风情

竹园·春草

——感悟春草的人生境界

留得山水存浩气，
春到人间送爱心；
草结竹园人自在，
魂归天国德永生。

这是我写的悼念刘春草教授的一首诗。

昨天晚上下了点小雨，今天早上仍然轻雾淡淡，令人想起清明时特有的氛围。是啊，这是教授在天之灵的感应。今天，春草教授的告别仪式设在顺德殡仪馆，主持仪式的春草弟弟、香港著名人士刘千石先生用与众不同的开场白，表达了仪式理性感怀的追思基调，而我被安排为第一位发言人。在讲完所有内容后，我以这首诗作结。其实一首小诗，又怎可表达足够呢！

教授走了！从此，那个身着唐装银发硬直，那个拄着拐杖步伐从容，那个举止言谈风趣幽默的老先生永远地走了！呜呼，遗憾哉！

在认识教授的九年间，关于他的生活思想创作甚至交友，我一直予以密切的关注和思考。也许很多人看到的，只是他的书画、他的慈善和他诙谐幽默的人物性格，但其实有多少人真正理解教授的内心世界和思想感情！春草教授，似乎不能从表面的形象去理解，其实，他是一个极不寻常的人。在我看来，春草教授是用自己的人生和人格，写了一本对我们充满启迪的人生传奇之书。

教授在海外生活了几十年，膝下又有这么大的一个家族，而他却在晚年选择在乐从修竹园自居，这与今天大多数中国人的生活方式大相径庭，也与许多标榜清雅的文人迥然相异，而颇有中国历史上的“竹林七贤”之风。我想，老人仿效古人只是其外表，其实内心有十分强大的精神来支撑他在竹园的独特生活。他以自己的生活方式最明显地表达出对世俗社会保持着一种精神上的自由。

我不敢妄评教授的作品水准，但就其境界和风范而言，他是当之无愧的大师。据我观察，教授本人对所谓“大师”这些个“虚名”，其实十分淡然无谓。十多年来，教授身边总围着一圈圈的人群，有些人总是为教授作为岭南画派的正宗弟子去辩解，有更多的人出于对教授的热爱和崇拜致力于其作品的收藏和宣扬。从正面来讲，所有这些努力都应该积极肯定。但教授本人其实更专注于通过作品表达自己的精神气质和艺术特色，而对于其作品的市场价值，老人并不热衷了解和经营。作为真正的大师，他并不在意所谓“大师”之名。

一直以来，教授致力社会慈善事业，包括到乐从镇老人大学义务授课，捐赠作品到各个机构等等。最感人的莫过于捐助贵州省的两个春晖班学生，因此老人的每个重大活动，都能看见这些学生们穿梭的身影。

我想，作为一个文人做一点慈善工作并不难，难的是把慈善扶困事业作为自己生活和创作的主要目标。假如没有无私的精神，没有纯净博爱之心，是难以做到的。教授对我讲过一句平淡但感人的话：“早起一点，多画几幅画，同学们的学费就解决了。”教授的大爱之心说出来又多么平淡！

很多人都有这样的感受：出了国才知自己爱国！

教授在外国生活了几十年，所教的也是中国文化，所以对中国和中国文化，有着刻骨铭心的热爱，也有着极为强烈的复兴期望。在每次参与的活动和讲话中，他念念不忘的就是复兴中华文化。记得在陈登职校的文化活动中，教授回顾了中华文化的辉煌后，大声疾呼中华文化要“走出去”。印象最深的当然还是在北京政协礼堂举办的刘春草个人书画展，在前厅举行的开幕式上，教授挥动拳头喊道：“中华文化站起来！”其形象与几十年前的一位伟人的呼喊多么神似。教授的作品，多笔墨粗犷，气度不凡，颇具精神，很多作品寄托着教授坚毅高尚的精神。正是苍鹰青松红棉树，高山流水白月明。

教授一直没有提及自己是基督徒，直到追悼会上刘千石先生才揭开此事。一个基督徒同时也是中国文化的坚定践行者，这种集合也许能解释了教授思想深处的种种秘密。

教授安息！

顺德乐从

2014 年 2 月 16 日

风动、帘动、心动

海南三亚，红树林酒店。

新年伊始的中午，阳光灿烂，碧水蓝天。

来海南旅游，其实最好还是冬天。尤其是今年北方那边大雪纷飞，十面“霾”伏，而这里却像世外桃源般，树木葱茏，春意盎然，每一个呼吸都分外甜美。

红树林算是亚龙湾较旧的酒店，今次是第三次入住。房间的陈设体现着红色的基调，最显眼的是那道红彤彤的窗帘，令人心生温暖和感动。

海风，清劲而凉爽，从打开的阳台和房门穿透而过。雪白的窗纱、血红的窗帘，被吹得扑扑作响，时而鼓起一团红罩，时而卷成一串白絮，红色白色，纠结缠绵，难解难分。远处天蓝海蓝，相亲一线；眼前风动帘动，自成一景。

像亚龙湾这样的地方，中国而外国，冬天而春天，时空交错，春月秋花，着实令人惊喜而灵动。

都说快捷产生效率，但创意却来自慢想。红树林，靠在你的椰林树下，便心神清爽，想念不断。

海风，在柔韧地吹。看着风吹帘动，想起一段佛语。说有两个僧人，看到寺庙门前的旗杆上，一条幡旗迎风招展。其中一个说，看，幡旗在动！另一个说，不，是你的心在动啊！于是两人你一言我一语地争吵起来，成了后来著名的风动还是幡动的故事。

如果沿着这个故事想下去，还是挺有意思的。

从争吵的双方而言，一个强调幡动的客观性，另一个强调心动的主观性，各有道理。从哲学上说，他们彼此都坚持己见，否认对方，其实都犯了片面的毛病。但从佛家而言，他们强调心性领悟，所以看到幡动是直观表面，看到心动才是更深刻的真实。

你是哲人，还是佛家？

其实，辨识不清幡动还是心动，这是人们常常犯的错误！

如恋爱中的男孩子们常常主动出击，一天十几个电话，鲜花巧克力加烛光晚餐，甜言蜜语，礼物不断，令女孩子们难以招架，一来二往就被征服。而能保持清醒，着重对方的内在品质者，少之又少。她们看不清是对方的“幡”在动，还是自己的“心”在动。

这种情形在从政从商者中也不少见，他们或位高权重，或财雄势大，内心都有建功立业、一统天下的雄心壮志。但社会发展眼花缭乱，新事物层出不穷，一些志大才疏、定力缺失者，就往往看不清是“幡”动，还是自己的“心”动，因而决策失准，铸成错误！

那究竟是幡动还是心动？仔细想不外乎三种情形：幡动而心不动，心动而幡不动，幡动心也动。因此，妥当的做法是，既看看幡有没有动，更要看看心有没有动。如果幡动而心不动，那就可能失之于麻木；如果幡不动而心动，那就可能失之于轻率。

世间之难，往往不在于认识和了解客观事物，而在于了解自己内心的欲望和追求，而这种欲望和追求往往具有强烈的无限制性和不确定性，因而社会的进步力量有赖于此，社会的破坏力量也端赖于此。

从这个意义上说，认识和把控好内心的“心动”，是多么的重要！

快乐的时光总是短暂。在回程的路上，我与同伴们笑说，我们每年要至少来一次三亚，看看海水蓝天，看看椰林树影，也要照看一下自己的内心，把她调理好安顿好！

佛山
2013年2月3日

男儿当自强

今晚是乐从镇一年一度的村际篮球赛的开幕式，地点在乐从居委会的河滨球场。今年的村际篮球赛共有56场，持续一个半月。这是我们镇村居民群众性体育运动的主要项目之一。这项活动已有多年历史，影响颇大。因此，我镇新型“钢铁巨头”广东乐从钢铁世界，自去年起就赞助该项赛事。政企携手，潜力无限。而且，在这样深秋的夜晚举办赛事也很合适，凉风习习，清爽宜人。赛事未开始，球场已密密麻麻围满人。

开幕式简单明了，体育股长主持，赞助单位讲话，我主持开球式，然后，球赛开始了！

这第一场对阵的，是新隆村队对上华村队。前者着前绿后白球衣，后者是一身红色。据说新隆的教练来自佛山体校，而上华的教练是新隆教练兄长的弟子，世界真小。

比赛哨子刚吹响，新隆队便发动强大的攻势，速度和技术发挥明显占优。第一节新隆队得12分，上华队仅得3分。看到两队的差距，我们在悄悄议论，这两队没得打，只是新隆队赢多少的问题。上华村主任其实已早早到场，看到这样的比分，就缩在一边抽烟，一脸黑色！

第二节开始了，新隆队自信满满，不紧不慢地组织进攻；上华队却好像睡醒了，明显加强了进攻的节奏，队员奔跑迅速，抢篮积极，得分明显增加。第二节结束新隆队得24分领先，上华队追至19分。

中场休息后，两队换边再战。第三节开始，上华队明显加强进攻，通过不断换人冲击对方防线；新隆队还是不紧不慢地进行攻防。第三节结束，新隆队得34分，上华队得31分，新隆队还领先3分。

对于这样的状况，我们又悄悄议论：现在不知鹿死谁手了？

第四节决战开始了，上华队经过一番激励，士气高昂，逐步占领场上的主动权；相反，新隆队体能明显下降，攻防速度明显放慢。不久上华队以41分反超新隆队的40分时，全场轰动了，不断为红衣的上华队加油。上华村主任也站了起来，脸露笑容，叉腰四顾。上华队越战越勇！反观新隆队越打越急，越急越乱，错失很多机会。结果，上华队以48分对新隆队的43分取得比赛的胜利。

看着上华队年轻的小伙子欢欣雀跃的场面，我的内心不禁生出许多感慨。

记得20世纪70年代初，我还是一名小童。每当大队里打篮球，我早早就搬一把木凳，坐在前排目不转睛地看着大人打球。那时心目中也有几个偶像，比如打前锋的“鬼仔成”，打后卫的“大只秋”，我对他们很崇拜。

后来，我长成了一个少年，也学会了打篮球，还掌握了钩手投篮。上大学后，参加篮球队、足球队。那时的我体魄强健，意气风发，就像现在场上的小伙子们！

但现在的我已年近半百，尽管心态依然年轻，但体能的强壮不可从头再来了。

强壮的体能，是一个人生命健康的基础，也是一个民族强大的基础。

记得我在一次体育工作会议上讲过，我们要进一步重视学生的体能发展，加强和改进学校的体育课，做到体育与训练结合、与竞技结合、与文化结合、与精神结合，培养学生强健的体魄和意志力，为他们一生的成功和健康奠定基础。

如果没有健康强壮的体魄，一个人拥有再多，也属枉然；一个民族即使文质彬彬，但如果没有武备和战意，也会落败。这种事在历史上屡见不鲜。古希腊的斯巴达和雅典两个城邦国家曾经历了长时间的征战，尽管雅典拥有发达灿烂的文化，但依然被强悍勇武的斯巴达人所征服。同样，辉煌近千年的古罗马帝国最终也是被蛮族攻破；中国的汉民族虽文化先进，但也多次被北方落后的游牧民族所打败。

再进一步想一下，我们现在的所谓现代文明和城市生活，表面发达繁华，但其实是建立在十分脆弱的基础上的。假如明天出现能源枯竭，我们将面临缺电、缺水、缺粮而一筹莫展，我们所自豪的生活方式将一无是处；而住在农村甚至更原始的人群，却能够生存下去，并将重新主宰世界。到那时，由于缺少锻炼和战意所导致的残弱的体能，无法保证我们能胜出竞争。

所以，男儿当自强，女儿要坚强。我们要自小培养吃苦耐劳的意志和品质，重视体育运动，抛弃奢靡浮华的生活方式，“文明其头脑，野蛮其身体”，为个人健康，为民族强盛，走出空调房，走出安乐窝，去运动，去锻炼，吸取大自然的阳光雨露，强化体魄和意志，去收获丰盛的人生。

顺德乐从

2012 年 11 月 6 日

顺德好人，是什么力量使你义无反顾

2013年1月23日晚，顺德区第三届“顺德好人之星”颁奖晚会如期进行。我和乐从方阵的几十人进入会场时，已接近晚会开幕时间。因为是电视直播，大厅里人头涌涌，气氛热烈。主持人按8点开播倒数着时间，周围气氛紧张又充满期待。

8点整，晚会正式开始了。首先是一组优美的舞蹈，一群少女轻歌曼舞，带出了晚会的感性情调。然后主持人出场，介绍活动的目的意义，本届特色等等。应该说，经过前两届“顺德好人”评选工作，社会上对这个活动的一些消极议论基本消失，相反，对她的正面评价却越来越高，她所带动的好人风气也越来越浓。况且，“顺德好人”——这个顺德人首创的公民教育和精神文明活动，其影响已扩展到区外，譬如被复制成“佛山好人”、“广东好人”等等。

因此，顺德好人活动，只能越搞越好！

第一轮颁出的是银星奖。由四个演员用数快板的方式，把十几个获奖者逐一介绍。其中的亮点是快板演员中有一个是洋妞，她用不咸不淡的普通话演出。不过，细心听就知道，快板的说辞是事先已录好音的。银星奖有一个获得者是来自我们乐从的岑伟良，一个在农业战线奋斗数十年的老黄牛。

晚会的“主菜”，自然是金星奖的颁奖。

这个环节，主办方搬出了广东电视台著名主持人家琪作为对话环节的主持人。事实证明，这是一个明智，也是关键的选择。因为，如何在偌大的会场和电视机前面数十万观众注视下，从这样一些从未上过舞台的质朴的获奖者中，挖出他们内心闪光的语言和感情，绝非易事。如何问答，加以引导，顺势发挥，极考主持人智慧。事实上，家琪发挥出色，无论98岁的义工老人，照顾邻居十几年的村妇，还是憨厚老实、三棍子打不出一个闷屁来的落水救人者，他都极为自然机巧地引导发挥，自始至终保持热烈感人的氛围。晚会的高潮，我觉得应是那个盲人小伙子的颁奖环节。故事是小伙子不自暴自弃，自强不息，通过学习掌握按摩手艺，赚钱养家，孝顺母亲。小伙子也许正是看不见，所以也就没有怯场，自然真实地表达自己的思想感情，最后在众人簇拥下，从舞台走到台下，把鲜花送给母亲，母子俩深情相拥，泪花闪闪。

看得出，晚会打的是感情牌，突出以情动人。因此，主办方在许多方面下了功夫，比如配乐，这是晚会最成功的因素。其感性、动情、牵动人心的乐曲自始至终贯穿全场，形成一个极具感染力的磁场，我相信很多观众都被深深打动。视频制作也属精心炮制，比如拍摄那个照顾患精神病妻子三十多年的老汉的故事，应该很不容易，场面中老汉那种负责坚韧、不离不弃，给人以强烈的震撼。颁奖词也是别具一格，把每个获奖者的事迹和精神归结为寥寥数语，画龙点睛，提高升华，从而把好人精神变成我们共同的精神财富，这是晚会最大的收获。

作为观众，我是来感受晚会的氛围；而作为文化人，其实我一直在观察思考：顺德好人，是什么力量，使你们这样义无反顾？

对于为什么做好人好事，各位获奖者的回答不尽相同。捡到三万元后交给派出所的女学生的回答是：想到丢了钱的人就很着急；多年来共献血八万毫升的麦先生的回答是：觉得应该这样做；七年来风雨不改照顾小女孩的张警官（乐从人）的回答是：看到别人有困难，很自然就会帮助她……

我觉得，社会上之好人好事者，可以分成几类：从来不为者应不多；偶尔为之者不少；持之以恒者不多。正如毛主席他老人家说，一个人做点好事并不难，难的是一辈子做好事！因此，偶尔做点好事值得赞扬，因为这体现了一个人的善良和爱心；但真正值得肯定和学习的，是那种持之以恒地做好事，不求名利不求回报者，才是大善之人。他们身上表现的已不止是人的善心，而是一种意志和毅力！这种意志毅力，当是长时期的教育引导，具备对社会大众的关怀和爱心，坚守自己内心的向善价值和责任等多种因素的结果。从这个意义上讲，顺德好人，是顺德社会环境和文化精神孕育的产物，是顺德人深厚的互助互爱、与人为善的价值观的体现。顺德人相信，只要团结互爱，就一定会克服困难，就会有更加美好的明天。

不过，作为各级政府和领导，除了大力弘扬团结互助，奉献爱心的精神，还要清醒地认识到产生各种家庭和个人困难的社会原因，通过研究制定有关政策措施，通过扎实有效的政府工作，努力做到幼有所学，壮有所事，老有所靠，弱有所扶，病有所医，积极消除由于发展的差距和不平等造成的家庭和个人困难。因此，弘扬顺德好人精神，推进顺德社会和谐发展，是我们共同的使命。

你我大家齐努力，顺德一定更美好！

顺德乐从

2013 年 1 月 24 日

第三辑　顺德思维的长短板

“开基”工具　　杨耀桐 摄

顺德思维的长短板

近年来思考最多的问题之一就是顺德的发展和她的文化思维。因为顺德的发展固然取决于特有的时代以及各种外部的条件，但核心的还是她的精神文化力量。在当前的条件下，进一步深化对这种力量的认识和研究，进一步整合和发挥顺德思想文化的优势，对顺德的长远发展，具有重大意义。顺德是一个有着深厚文化底蕴，具有鲜明特色的地方。从古到今，顺德人在自己的土地上，创造了伟大的成就。顺德人热爱乡土、勤劳精明、技能卓越、人情浓厚，这些内在的素质是顺德成功的原因。而这一切的核心，就是顺德思维。

我们必须充分地看到，顺德思维为顺德的发展提供了重要的精神力量。如果把顺德的发展比喻成一辆前进中的马车，那么资本的力量和文化思维的力量就是她的两个轮子，轮子的质量和承载力决定了顺德能够走得多远。顺德资本的雄厚力量无人会怀疑，因此，决定顺德能走得多远，可能就是顺德的文化思维力量。

一、顺德思维的长板

其一是善于经营的思维。顺德人勤劳而精明。所以，顺德近三十年的经济发展史，就是利用集体企业的积累、银行（或外资）的借贷、城市专才的技术、外地的劳工，加上顺德人的经营智慧等相互结合而产生的辉煌史！如果说20世纪80年代顺德党政领导确立了以市场导向的经济发展方针，那么90年代产权改革以及大力发展民营经济的政策，为顺德人经济思维优势的释放提供了巨大的空间。顺德民营经济的喷薄发展是今天顺德经济发达的主要原因。

其二是善于学习和专业技能。顺德人在一穷二白的海河滩涂上，建设起富饶美丽的家园，除了毅力拼劲，还要凭真本领。这些本领就是追求卓越精益求精的技艺能力。顺德人有许多方面的技能颇具优势，这些技能是顺德的核心竞争力。

比如在农艺上。在很多地方以水稻为主产的农业时代，顺德人却以经济作物为主，营造了桑基鱼塘的生产循环体系，这充分体现了顺德人在农业上的精耕细作，对土地和生产资源的高效运用，以及对养蚕、养鱼技术的熟练掌握。在手工艺方面还有香云纱等特色产品。即使今天以工商业为绝对支柱，但顺德人在现代养鱼养殖技术、花卉林木种植养护等方面，仍有精湛的技艺，农业还具有很强的竞争力。

比如在厨艺上。“食在广州，厨出凤城（顺德）”，这句话已名闻遐迩。顺德是中国厨师之乡，美食之都，顺德菜是粤菜的正宗，代表着粤菜乃至中国菜的最高水平。说顺德厨师是世界级的厨师，是一点都不为过。顺德人讲究饮食，喜欢在厨艺上巧用心思，推陈出新，所以能精益求精，力臻完美。顺德厨师，就是顺德文化的杰出代表。

比如在才艺上。顺德的龙舟、书画、曲艺、龙狮、武术等传统文体活动有深厚的群众基础，具备高超的技艺。比如顺德龙舟近年重拾辉煌，发展强劲，与其独特的划桨技术有很大关系。顺德水乡画、漆画独树一帜，画工考究。很多粤曲名伶出自顺德，影响广泛。龙狮武术也具有很高的技术水平。

其三是团结合作思维。顺德人做事强调“埋膊”，鄙夷“卸膊”！其意思一是强调责任和承担，二是强调团结合作精神。顺德人深知，任何事情的成功有赖于彼此的团结合作，这种合作往往体现为有一个共同的可以实现的目标，大家共同维系一个组织的和谐，讲究彼此之间的默契，营造一种相互支持的文化氛围，等等。这种精神使顺德人有很强的凝聚力，他们为了一个共同的目标，可以摒弃前嫌，和衷共济，奋力向前。

其实从几个侧面就可以见识顺德文化思维的内聚力。比如每两年一次的世界顺德人联谊会，全球顺德人的代表共聚一处，共叙乡情，成为团结维系全球顺德人的纽带和桥梁；每到香港公众假期，就有一船船的港澳乡亲回顺德乡下探亲；很多顺德人在外面有投资项目，但仍然把总部扎根顺德；顺德官员不喜欢到外地升官，即使调到外地，也会千方百计调回来；很多顺德人三五成团，组成大大小小的团队做生意搞投资，互相支持，共同进退。

顺德思维这三块长板是顺德成功的几个关键因素，顺德人从先知先觉把握商机，到勤劳进取精明巧干，到集腋成裘众志成城，他们一路走来，一路凯歌，创造了令人敬佩的经济奇迹。

但是，顺德思维也有自己的短板，这些短板在经过几十年辉煌之后，在面临进一步转型升级和周边区域竞争中，越来越暴露出她的不足！我们只有深切认识和弥补好这种不足，才能更好地发展前进。

二、顺德思维的短板

其一是战略思维。作为一个地方政府而言，需不需要战略思维？因为，就以中国的体制而言，很多方针政策上级已制定就绪，我们执行好即可。但是就顺德的特殊性而言，尤其是要与全国最先进的地方一比高下这个角度而言，顺德如果没有自己的发展战略，是不可想象的！客观地说，顺德现在的辉煌很大程度上是依靠改革开放以来的地缘、政策和市场优势，到今天，随着周边地区和内陆省份的开放发展，顺德原来的优势几剩全无，相反，随着成本的上升和政策的调整，其优势逐步减弱。在这种情况下，对顺德而言，没有比迅速研究和制定新一轮发展战略更为迫切更为重要的事情。纵观近十年间，顺德围绕撤市设区，掀起大部制改革，以及再次成为省直管区域，享受地级市行政权限等等，一次次把顺德推到风口浪尖。但是，无论改革有多么地轰轰烈烈激动人心，无论争取到的行政权限有多么的高级，都代替不了一个针对顺德实际的切实可行的和富有远见的区域发展战略。在这个意义上，所有的改革和行政级别都是手段，发展才是目的。所以，我们应该反思的是，我们有没有发展战略，有没有真正推行发展战略？当我们埋头于具体事务的时候，是否忽视了一个更为远大的发展方向？

其实，在中国任何一个区域，就好像一个棋盘，有多种力量同时在博弈，尤其像顺德这样闪亮的棋盘。顺德人如何在自己的棋盘上攻守有度游刃有余地实现自己的战略目标，才是最根本的问题。顺德人一定要有良好的心态和持久的韧劲，有整体全局知己知彼的战略思维，有明确的战略目标，紧紧抓住战略重点，科学调配战略资源，合理制定战略措施，然后全力以赴加以落实。在这过程中，纵有风吹浪打或各种光环映照，都不能干扰自己前进的步伐。

在当前顺德的发展战略当中，最为重要的是确立好三个重要战略，即城市发展战略、产业发展战略和人才发展战略。在城市发展战略中应加快建设城市中心，实施高品质城市和城乡一体化；在产业发展战略中应迅速制定产业更替战略、产业提升战略、产业延伸战略和产业集聚战略；在人才发展战略中应该贯彻多元的双向流动机制，吸引更多专才和实际工作经验的各类人才充实到各级政府，提升政府的政策水平和专业管理能力。具备战略思维能力的政府才可能成为引领性的政府，否则就会沦为被动的事务性的政府。

其次是理论思维。一直以来，注重实干，注重手工技艺，但欠缺科技、欠缺理论，既是顺德人也是广东人的特点。经过改革开放几十年发展，当大量的科技人员落户顺德，顺德一大批青年科技人才也成长起来，科技问题就不复存在。但在理论方面，无论人才队伍还是社科成果，目前都远远没能达到顺德发展的要求，没能产生顺德经济社会发展各方面所需要的理论研究、理论探索和理论引领。

近年来有两个趋向是值得反思的：一是项目规划研究“外判”的泛滥。我们很多机关部门做任何项目或规划，首先想到的是聘请社会专业机构来承担执行。这种状况在目前“社会管理改革”的氛围下越加严重。其实，我们不应反对聘请有资质和专业能力的机构来协助政府制定规划研究方案，但问题是，一些部门和官员因此懒于思考甚至不会思考，“协助”变成“代劳”。一些专业机构在信息不全、实际不明、研究不透的情况下，提出的项目报告和规划往往变成废纸一堆。二是外出学习多而真正的研究少。近年来，顺德各级组织的外出学习不可谓不多，远有新加坡和香港地区，内有华东各地，但回来后真正组织的理论研究和探讨有多少？这与其说是组织者的责任，不如说是上下缺乏一种孜孜以求的学习精神和深入进行理论研究的良好氛围。

随着改革的发展和深化，遇到的问题会越加复杂，尤其是在中国的政制条件下，推动行政体制改革与经济体制改革不同之处，就是市场经济体制改革“有鉴可借”，而行政体制改革却要面对

“无师可仿”的困境。原因是市场经济体系是有一套各国公认的体系，而基于中国的条件和环境，行政改革注定了照抄照搬是不能成功的，只有依靠自己的理论探索和大胆实践，方可走出一条成功之路。因此，走在行政体制改革前沿的顺德，前无古人，后有追兵，除了强化改革的勇气，更要注重改革理论的研究和探索，以我为主，谋定而动，坚定不移地推进顺德改革的伟大事业。

其三是价值思维。如果说不重视战略思维和理论思维是一种表象的话，价值思维中的问题才是其内因。顺德人勤劳务实，思考问题的方式着重其有用性和功利性，至于其理论性和抽象性，许多人往往不予深入思考。所以顺德人思考方式注重其“形而下”，而不注重其“形而上”；着重其“利”而不着重其“理”；精于“务实”，而拙于“务虚”。其实，任何事物都是相互联系，相连相生的，没有形而上的“名”，就没有形而下的“形”；没有通达事物的“理”，就没有持续长远的“利”；没有研究宏观的“虚”，就不能得出微观的“实”。

文化思维的价值绝不是虚无缥缈的东西，文化是一种视野、一种涵养、一种素质、一种实力！当社会的竞争越来越走向文化的竞争时，资本的力量就会减弱，文化思维的力量就越来越重要，并成为引领性的力量。

其实，比较一下顺商和其他商帮的经营文化，就会使我们的认识更加清晰。

比如潮商文化。潮汕人的勤劳团结比顺德人有过之而无不及，而且他们身上还有浓厚的敢于冒险、做大生意的血脉，他们善于把生意做到别人的家门口。前几年名噪一时的国美电器，再清楚不过地显示了潮汕人的生意之道，就是编织一张大网，各种产品、各种市场、各种人物尽在网中，无“网”而不利！他们的理念是“商界无域，相融共生”。近年来，一些以潮汕人为主导的流通业大品牌，逐步踏入顺德市场，并在顺德北部几个镇站稳脚跟，气势十足。这种势头其背后不仅是资本问题，还是人际关系、经营理念和文化思维的力量。这些力量是长期筹划和积累的结果，并非我们常见的“识做”和“搞掂”！

再比如浙商文化。以温州、义乌为例，他们做的是全球的生意，无处不炒，无处不卖。他们一边在自家门口搞小商品市场做全球生意，又喜欢到别人城里炒买炒卖！先不说这是否合法道德，他们这种有组织、有目标、有计划、有资本的商业活动，其背后的商业理念和手法，就是一种“战役性”的商业文化。

相比起来，顺商存在着不少的局限，如局限于加工贸易，局限于短期行为，局限于本乡本土，局限于家族兄弟，局限于中小规模，等等，其背后就是企业家的文化思维局限以及由此产生的理念、视野和魄力的局限。

因此，文化思维不仅仅是指琴棋书画阳春白雪，文化是一种价值取向，是一种思维方式，也是一种行事策略，只要我们能做到虚实兼济、知行合一，就能实现文化思维其有形的巨大的价值，从而有力地推动顺德继续前行！

顺德乐从

2013 年 4 月 6 日

产业转型升级是一个系统工程

上周末从均安回来，一路上看到不少厂房大门关闭，而后面的鱼塘田野却郁郁葱葱。突然间闪过一个念头，顺德有无可能走回以农业为主的时代？

这不是白日说梦！一百多年前，顺德就上演过这样的历史剧，繁荣一时的缫丝业，在国际市场大潮冲击下消失殆尽，以致今天的人们只好去“寻梦”了。

谁能保证这样的事情不会重演呢？尽管顺德的工业化已经走了三十年，从立县、立市到立区。无人质疑顺德的工业规模和实力在国内屈指可数，但接下来会发生什么呢？

近几年来，随着各级政府发动的一波又一波的“产业转移”，一批又一批的企业迁离故土，可是愿望中的那些“好鸟”，却一直未能飞入这些日渐空虚的“笼子”。那么，是“鸟”的问题，还是“笼”的问题？

应该看到，过去成就顺德工业辉煌的几个优势：包括毗邻港澳、集体资本积累、廉价土地成本、廉价劳动力成本、新兴的消费市场等等，到今天已经不复存在。相反，在企业成本日渐高涨的今天，大量企业仍然维持一小（型）二低（低端、低价）的策略，他们遇到的困境是不可避免的，转移出走也是必然的。

问题是，多年来我们为什么不能有效地推进产业高端化的路线呢？我想原因有：大量中小型企业没有能力也不愿意搞研发；

市场竞争单纯依靠价格战；政府缺乏强有力的措施；等等。目前，到我们觉得进退两难的时候，可能就是转机的开始了。

应该说，转型升级是各方的共识。可问题是，我们追求什么样的转型升级？我们应当选择什么样的战略和路径？我们要创造什么样的条件来促成这种转型升级？所以，转型升级绝不是一厢情愿的事情，相反，它是一个十分严谨的系统工程。

这个系统工程的核心有几个：

其一是城市的基础。城市是产业升级的核心载体，没有城市就没有资本、市场和人才赖以存在的空间。

其二是政府的规划和政策。应该说很多时候政府的规划，缺乏长远性和严谨性，因人而事、一变再变。同时也缺乏系统性和前瞻性的产业政策。其实，大部门的整合最需要的是有一个协调一致的政策。不然，一个部门在奖励津贴，另一个部门却在加税加息，令企业无所适从。

其三是产业的服务和配套。产业升级说白了就是做高端、高价的环节。而推动企业走高端，必须有风险投资、科技研发、专利保护、市场管理、人才支撑以及政府扶持等服务配套。而这些，我们做得还远远不够，也就无力推动企业的转型升级。

其四，正确处理新产业与本地民营资本的关系。习惯上人们一提起新产业，首先想到的是外国的大项目，所以对引进外国项目不遗余力。其实作为顺德赖以发展的基础而言，我们更应该重视和支持本地民营资本开拓新产业，并以此来带动草根企业更好地扎根成长、升级转型。

2012年8月24日

简议顺德行政体制改革的战略目标

一、近年改革的回顾

2009年以来，在省委主要领导的关注和推动下，顺德又一次被推上改革的前沿。与20世纪90年代的以股权改革为主不同的是，这一次的改革主要是从行政管理层面进行改革。主要的做法是部门合并以及事权下放。目前，部门合并已完成并进行了艰难的磨合，向镇街放权，建立镇村行政服务架构也基本完成。现在各方积极推动的是准备向社会放权。为此，区、镇都在积极推进各种社会组织的建设，并着手向区、镇下放政府的某些事权。客观地说，这一系列的改革举措所产生的积极作用是毋庸置疑的，部门合并加上绩效考核等措施，提升了部门工作效能，改善了干部作风。镇村服务体系的建立也大大地方便了居民的服务需要。从这个意义上，改革取得了较大的成效。而最为重要的，是全区上下凝聚了改革的共识并形成了强大的精神力量！

然而从一分为二的角度去思考，近年改革也存在着种种不足和问题，需要作深入的总结和剖析，以更好地深化、完善和推进后续的改革，促进顺德改革大业的完成，为中国的改革事业作出贡献。

我认为，与90年代的改革比较，这次改革的思路基本相同，那就是放权。上次放的是经济项目审批权和公有资产的社会化，这次放的是行政和社会事务的审批权。然而，90 年代的经济改革是有一个明确的目标，那就是建立社会主义市场经济体制，在推进过程中，还花大气力建立一整套市场经济机制和法规体系，从而保证了经济改革的成功。但是，顺德行政体制改革的目标是什么？仅仅是减少政府职能，缩减部门，下放权力和提高效率这些技术性的目标吗？在中国的行政体制大环境下，这样的一些技术性改革能从根本上解决政府管理体制上的问题吗？我想是很难的。

事实上，许多干部的感觉是，改革之后，工作更忙了！为什么？其一，以顺德仅仅一个区级政府，是无法抵御来自上级大量的事先没有计划的工作指标和任务的，以缩小了的部门和人手处理同样的工作，明显是不匹配的；其二，在部门整合后，顺德并没有在优化行政工作的机制和程序上下工夫，以致改革后的工作流程和改革前基本并无两样，所以出现程序上的梗塞是必然的。再者，许多部门名曰放权，实际上放的只是小部分权限。而且，大量的行政事务在目前日益严格规范的标准下，使许多部门和干部穷于应付，疲于奔命。显然，这样的改革并没有触及或解决根本的问题。于是，许多人想到的是，必须进一步放权，使政府真正解脱出来。于是就有了向社会组织放权的思路和做法。可是，我们要认清的是，在政府行政职能和部门职责这个问题的总源头没有理清之前，在没有严格规范的社会组织管理条规之前，匆匆忙忙地放权是危险的，搞不好，政府还要兜底埋单。

其实，放权只是手段而不是目标，而多年的实践已经证明仅仅在形式上放权并不能解决问题。放权应该服从于一个更为根本的目标，那就是建立一个地方政府新的行政管理体制。那么，顺德行政体制改革的目标和方向又是什么？仅仅是“小政府，大社会”这样一个口号吗？弄清这个问题实在太重要，它涉及的是中国地方政府的领导体制和行政管理体制问题，而这个问题，又牵涉中国整个行政体制的问题，必须从宏观的理论的高度来认识。

二、顺德行政体制改革的战略目标

首先是探索地方政府自主管理模式。坊间有不少议论，说顺德的改革，是某些领导人授意下用以积累政治资本的一场秀。但是，如果我们顺德的领导都这样想和这样做，就太可悲太可叹了！因为，这对顺德改革的意义和价值，缺乏了最起码的认识。我觉得，顺德的改革，是历史又一次给予顺德难得的机遇，使顺德获得破解发展和管理难题、推动社会继续发展的动力源泉，使顺德成为探索中国地方政府管治模式变革的先行者！因此，我们必须要有足够的政治智慧来理解认识顺德行政改革的政治意义，又必须站在中国行政体制宏观的角度来思考认识和规划部署顺德的改革。

从表面上来说，行政改革的动因是，在当前社会经济事务大量增加的情况下，政府依然用大包大揽的方式来管理以致力不从心，所以实行改革。但是，我认为，行政体制改革，应该有更为深刻的原因，那就是我们的地方政府管理体制。地方政府，在中国整体行政体系中，从来是一个“夹心”的角色。在执行中央政策和谋求地方发展之间，经常左右为难。这个问题的实质，是我们当前整个国家行政管理体系，在经过市场经济改革几十年后，却仍然保留着计划经济时代的体制。最根本的一点，就是停留在以部门系统的“条条”管理为主和以事务审批为主的管理模式！（这正是当前所有行政弊端之源）我们还没有从理论上和实践上去探索市场经济条件下中央与地方区域性“块块”整体管理的新模式。因此，探索一个行政区域更大的发展管理自主权（不仅是争取更多的事务审批权）和建立一种新型的上下级行政关系，应该是顺德行政改革的首要的根本目标。在这种新型的上下级管理模式中，上级只在几个关键的领域如规划、人事、财政、武装等直接管理外，大量的社会经济发展事务由顺德依法自主制定和实施。上级只考核结果，“条条”部门一般不干预。认识和做到这一点，顺德才具备足够的改革空间。

其二是建立法治政府和法治社会。这是顺德行政改革的又一重大目标。应当看到，包括顺德在内的各地政府施政的种种弊端，主要在长官意志、利益操控和执行程序的非规范化等问题上。政府的施政目标和计划，往往缺乏长远性和严谨性，因而出现头痛医头、就事做事、主观随意等问题。这些问题，应该是行政改革的锋芒所指。而解决办法，就是建立法治政府！顺德在推动政改的过程中，其中重大的工作，应该是集中精力建立一整套行政管理的法规体系，从决策、架构、执行、监督分工，从制度建设和程序规范，都有完整有力的法规保障，让全体公务人员和行政部门依法行政，也让全体市民依法监督。只有建立法治政府，建设法治社会才能真正得到保证。

强化法治建设的另一重要作用是保证社会组织的良性运行。在政府向社会组织放权之前，我们既要想到放权之利，也要想到放权之弊。实在地说，政改之前，社会组织建设几乎是一片空白，在极短的时间内建立起这样一批社会组织而且向他们放权，是有一定风险的。所以，在大力培育社会组织的同时，必须尽快建立和完善规范社会组织发展运行的法律法规，这是建设法治政府和法治社会，也是规范放权的重要保证。

其三是部门整合和程序优化。在上一轮的大部制改革中，有其积极的值得肯定的一面，如缩减部门数目，同类事务归类合并，合并办公，方便了市民。区镇领导兼任部门首长，提高了部门的自主性和工作效率。但客观地讲，这还是一种机械性的合并，大家期待的化学反应，并没有出现。为什么呢？我们还是先看看新加坡和香港地区的体制。新加坡和香港地区两地的政府体制是一种双层体制。分为部（司）和局（署）两级，前者负责决策协调和监督，后者负责执行实施；前者强调宏观性，后者强调专业性。他们部门不多，局署不少。这样一种机制上的好处是，政府某个系统本身，就有一个决策—执行—监督系统，可以形成一种良性运行，从而产生化学作用。反观我们的大部制，可以说不大不小，部门外部分工既未达到政府某种宏观事务的归类，内部也没有专业分工清晰相对独立运作的机构。政府领导兼任部门首长造成决策执行同为一人，没有在机制上形成相辅相承的活力。而且，大部制实施后，没有在优化程序上下工夫。所以，部门外部宏观指导协调不足，内部程序繁琐复杂，整个行政机制并没有出现我们期待的那种活力和效率。

因此，顺德应进一步深化和完善行政体制的改革，其思路可借鉴新加坡和香港地区的体制，一方面继续推进大部制，将政府事务进行更加宏观和系统的分类。另一方面，在这些真正的大部门下，将相应的专业机构全部归属到旗下作为下属机构，按法定程序运作并向大部门负责，形成双层管理架构，达到宏观协调与微观管理融合，决策监督机制与执行机制配套这样一种科学的行政体制。大部门属于政府序列，属下的专业局属于事业或法定单位。

其四是建立健全政府服务体系。应该说，行政管理体制改革的出发点和落脚点，是更好地为人民服务，这是我们要牢牢坚守的根本宗旨。近年来，区镇行政服务中心和村级服务站的建设，体现了这个方向并取得显著成效，广大市民也是高度认同的。但是，我们要清醒地看到，这些服务中心和服务站的建设，只帮助解决市民的管理审批事项，但老百姓高度关注和担忧的就业、住房、教育、医疗、社会保障等这些关系国计民生的重大问题，政府如何提供普惠性的服务，还任重道远。因而，作为经济发达地区的顺德，要以再改革的思维，推动普惠性项目服务体系的建设和发展，让改革真正惠及广大市民群众。

因此，顺德行政体制改革的战略目标就是，建设自主政府、法治政府、高效政府和服务政府。

顺德乐从
2012 年 10 月 28 日

佛山家具业：两河三镇的新版图

2013 年 3 月 17 日，随着篮球明星姚明及一众香车美人闪亮登场，筹备多时的“大场面”——佛山国际家博城隆重开业。

这个新崛起的家具业新商城之所以备受关注，一方面因为她奇特的外表和巨大的容量，另一方面主要是由于她处于东平河北岸另一个行政区域——石湾镇！

对于南岸的乐从而言，这意味着存在直接的利益挑战：分走了自己的市场份额。因此，在“大场面”还没开张前，“中国家具商贸之都——乐从家具城”的广告，已大量出现在旧 325 国道的 T 形广告牌上。

乐从家具商的焦虑不是没有理由的。近几年来，全国各地的大型家具城迅猛崛起，名为“中国家具商贸之都”的城市已有四个之多，甚至连宁夏这样的省份也建设了超百万平方米的家具城。因此，北岸的“大场面”，岂不是更近更直接的威胁？

元芳，你怎么看？

回顾历史，发轫于 20 世纪八九十年代的顺德家具业，在顺德水道南北的龙江、乐从两镇生根开花，逐步成为顺德的支柱产业，并形成龙江制造、乐从销售的市场格局。由于乐从有后发优势又以销售独大，所以周边城镇对乐从家具销售业这块蛋糕，无不眼热。甚至龙江曾搞过一个“登月”计划来抗衡，但由于建筑设计和经营手法等诸多因素，龙江的家具销售业仍无法与乐从相媲美。

每年一度的“龙家展”，始终无法超越乐从“永不落幕”的庞大市场。但是，心有不甘的龙江人始终在谋求突破，他们把目光投在东平河北岸的澜石——乐从家具销售黄金线路的上游。经过几年的筹划，“大场面”项目浮出水面，成为现实。

然而，这是否就把握了旧325国道家具业的龙头？

反观乐从家具业，经过几十年的发展，当前已进入了一个新的阶段。由于近年已鲜见大规模地建设家具城，乐从家具销售业在空间上已几近饱和，所以每天下午，乐从家具城人车混杂、拥堵异常、拉客活跃，成为乐从管理当局既喜亦忧的难题。因此，近年乐从是在转型升级上做文章，包括旧325国道的改造，家具城内外的改貌，产业的高端化，以及更为清晰的产业分工和市场管理等，以此提高其市场竞争力。到目前为止，由于其巨大的市场规模和齐全的产品种类，乐从家具市场的集聚效应是其他市场无法比拟的。所以，尽管近年各大商场的租金不断上升，一些中小经销户在抱怨租金偏贵，却又不得不继续在乐从开业经营。而每年的广交会，很多客商在参观完广州展馆后，一般还要来乐从看看，因为这个实体市场仍然是最后的定价标准。

这样，在乐从家具市场空间有限、产品逐步高端、租金不断提高、管理逐步严格的环境下，一些中小经销商未必能在乐从找到发展扩张的空间，他们势必另谋出路，而“大场面”恰恰提供了这样的机会和空间。

因此，“大场面”的开启，是多种力量共同作用的结果，包括龙江人的筹划投入、澜石城市改造的空间以及乐从发展商及经销商的溢出效应等。

佛山国际家博城的崛起，使旧325国道家具市场横跨了两河三镇，呈现了新的市场版图，也呈现了新的竞争格局，考验着三地商家和政府的智慧。

不妨推想，作为生产大镇的龙江，除了提升其产品竞争力外，势必向上下游市场发展，并通过电子商务推动市场扩张；而作为销售大镇的乐从，着力点将会是将规模巨大的家具城逐步融合到城市化过程中，将现有家具商场逐步改造成集展览体验、创意设计、文化旅游于一身的城市产业体，同时大力发展现代物流业，将家具运输物流环节分离规范，从而进一步提升家具业的竞争力。反而是佛山国际家博城的发展定位和方向，非常值得关注和研究。因为，即使她成功复制了龙江乐从家具城所有的硬件优点，但其入驻企业的经销策略以及整个家博城的管理运营模式，仍要在实践中摸索探路。

从三地的商家和政府而言，佛山家博城的诞生引发了三方的竞争关系，这是毫无疑问的；但从宏观上讲，三地其实亦共同构成了旧325国道同一个市场。只要三地有大局意识，扬长避短，差异发展，良性竞争，仍能促进这个共同市场的发展繁荣。

2013年3月31日

佛山新城与乐从合并的愿景分析

在前期高度保密状态下，几经研究论证的佛山新城与乐从镇合并方案，近日终于尘埃落定。这个涉及市、区、镇三级关系的行政架构调整方案一经公布，立刻引起各方高度关注和强烈反响，支持者、观望者、质疑者众说纷纭。从某种意义上来说，这是社会进步的表现。言论开放和多元思维，使政府决策者会更多地顾及社会大众的利益和感受。当然，社会大众在讨论和表达意见时，需要更加科学理性和更有建设性的思考，使不同意见之间的讨论乃至争论，变成推动社会发展的共同力量。

一、新城十年的“生聚”与“教训”

在2003年佛山五区整合之时，市委就作出了建设“东平新城”的战略决策。这个与佛山一环同时制定的重大工程，十年后在佛山一环车流滚滚不堪重负之时，仍然处于初步开发的状态，除了新闻中心、世纪莲体育场、东平小学、滨河公园等公共设施和依云、保利几个房地产项目外，大规模的开发和期望中的大城市氛围还未出现。

为什么？我想问题也许有以下几个：

一是关于新城发展定位变化不定。当中有新城管委会机构职能的变化（原来作为开发机构，后来变成行政机构）；也有新城的城市发展定位的变化（原来作为政府机构和公共文体设施所在地，后来提出中德工业服务区和产、城、人的融合）；还有新城的范围空间的变化（原来限于核心区，后来扩大到协调区和规划区）等等。这些变化再加上新城领导人的几次更迭，遂使新城的发展变化不定。

二是关于征地拆迁工作进展艰难。从新城伊始一口气征收了数千亩土地后，2004 年后整个征地的形势发生了变化，新城的征地和后来的拆迁工作进展艰难，个别村庄征地遗留问题的阻碍，使问题更加复杂和扩散，以致新城整体发展缓慢，只好把精力转向了公共建设和房地产项目发展。新一届市委换人后，很明显地把新城的发展放在一个战略高度加以重视，新城的建设步伐于是大大加快，并随即发起“三大战役”来推进工作。在乐从的配合下，完成了岳步村的征地。乐从也完成了钢铁市场的搬迁。但是，其余各村居巨量的征地拆迁工作，仍然横亘在新城面前，不突破就无法前进。

三是市、区、镇行政架构的协调问题。面积只有几十平方公里的新城，涉及了包括佛山市、顺德区及乐从镇、北滘镇和陈村镇五个政府行政单位，几乎每件事都毫无例外地牵扯上述层级和相关的职能部门，其复杂性和低效率可想而知。新城是市政府派出机构，但推进工作需要乐从等镇政府配合时，乐从等镇政府又要请示顺德区政府，顺德区政府又要向市政府协商，如此等等不胜其烦，新城的工作效能大打折扣事倍功半。因此，新城发展的困局必然从管理体制上谋求突破。

二、乐从发展的“突围”和“瓶颈”

乐从近年也一直在谋求更大的突破与发展。

在产业升级方面，其亮点有传统产业的升级，如家具业有罗浮宫家居总部大厦的建成、南区“家具世界”的崛起；钢铁流通业有广东乐从“钢铁世界”的易地升级，部分商家到九江、丹灶等地的跨区扩张；新兴产业迅猛发展，如欧浦钢网、易发塑料网、乐百购等电子商务的继续壮大。总的来说，相比起其他地方用简单的迁移实施产业转型，乐从却用本地升级、商物分离和科技提升、集约发展等方式进行产业升级，因而备受各方瞩目和肯定。

在城市发展方面，为适应佛山新城规划建设，乐从在城市功能上规划了三大片区，分别是北部都市服务区、中部城市核心区和南部产业核心区；在建设上着重交通和公共设施的配套建设，尽量与新城的建设协调同步，如花大气力在岭南大道、华阳南路、汾江南路等骨干道路推进征地拆迁，推进荷岳路沿线各村居的规划改造工程等；在发展城市的品质和内涵上，乐从率先以“美乐计划”为抓手，整体推进城乡旧貌改造和环境美化亮化。现在的乐从面貌已焕然一新。乐从的社会发展和文化教育民生事业也成

2014 年乐从乡村文化节

绩骄人。

从今年初起，乐从还“密谋”一项重大的计划，就是作为顺德区的试点，探索镇街管理体制综合改革，希望通过综合改革，进一步扩大镇级的行政审批权，加强自身发展的行政资源和发展动力。为此，乐从对相关政策进行深入研究，并与相关区属部门进行深度的交流。综合改革的探索和努力，其实也是促成新城和乐从合并的内因之一。

但是，尽管乐从作出了如此巨大的努力，但现有体制机制上的瓶颈和制约依然十分巨大。众所周知，乐从仅仅是一个镇，其行政权限非常有限，几乎所有稍大一点的事项，都得通过区以上行政部门的审批。特别是在发展规划上，乐从除了受制于顺德区，还受制于佛山新城的整体规划，很多企业发展项目用地乃至一些农民的宅基地重建一律困难重重。以广东乐从“钢铁世界”和“物联网园区”两大项目为例，如果没有上级有关部门和领导的大力支持和政策倾斜，基本上就难以成事。

相比起来，新城拥有市区级行政权限，中德工业服务区作为全省六大战略平台，其巨大的政策和产业资源具有强大的资源优势。

因此，合并前的状况是，乐从虽然与新城彼此相连，但基于行政体制和机制的阻碍，新城就像一列高速列车但没有铁轨，而乐从虽有铁轨却没有高速列车，所以彼此互为需要。在这个意义上，乐从与新城的合并，的确为乐从整个区域的发展，带来了巨大的动力。

三、统筹兼顾的合并策略

显然，社会各界尤其是顺德市民高度关注的，自然是新城和乐从两地的合并方式，毕竟这触及了佛山市和顺德区的行政关系。众所周知，从 2003 年佛山中心组团规划实施开始，乐从及周边镇面临区划调整的说法不绝于耳。后来佛山新城变成行政架构，乐从等地与佛山新城组成佛山“第六区”的说法更为强烈。不久前佛山中心城市规划把乐从等地纳入其中，给市民以更大的想象空间。一般而言，当地市民对自己区域的行政区划调整自然高度关注，顺德人更为甚之。因此，如何推进新城与乐从的合并，着实考验市委领导的智慧与眼光。

目前公布的合并方案，可以说是一个统筹兼顾的方案，其要点首先是乐从并入佛山新城，但乐从保持一个镇级建制不变；其次是佛山新城委托顺德区管理。这两个要点可以从几个方面予以解读：

其一是新城与乐从将成为一个互相融合的整体，肩负着打造佛山城市核心的重大使命。

其二是乐从并未从顺德版图分出去，从而消除了顺德市民对区划调整的担心。

其三是佛山新城成为顺德的重大发展平台。新城维持在顺德的版图和委托顺德管理，可以理解为新城（中德工业服务区）将成为顺德（也是佛山）发展的强大动力源。

其四是市委领导改变了过去的一般做法，即通过行政区划调整打造重点发展区域的方式。市委更注重通过规划的统筹和区域的协调来打造佛山中心城区。

从以上四点来理解，至少目前的合并方案是一个目标明晰、统筹兼顾的方案。该方案以建设高端产业集聚区和大城市核心区为主要目标，适当地调整和兼顾了佛山市、顺德区、佛山新城、乐从镇四方行政关系，既形成一个相对完整优势互补的行政实体，又有层级清晰的管理协调体系，可以说是一个相当出色的决策。

四、合并成败的关键

新城与乐从合并的愿景良好，但在实践中不一定会一帆风顺。据笔者的观察和思考，合并后面临的挑战和障碍可能有两个方面：

其一是内部融合问题，其中涉及合并后的架构设置、职责分工、干部使用以及工作制度和流程设计等问题。新城的级别虽然高，但毕竟只是一个派出的行政机构，且专长于项目的开发和管理，缺乏社会整体管理的系统经验；乐从虽然级别低，但作为管理几十万人口和超千亿贸易额的商贸强镇，其社会管治能量实际相当于内地一个中等城市。当然在经济活动的层面和专业人才的素质上还不是很高。因此，融合要互相取长补短，优势共赢，特别要注意思想文化乃至感情的融合，这是合并成功的重要条件。

其二是外部协调问题，主要是要正确处理好与佛山市及顺德区的关系，这是合并成功和可持续发展的核心问题。有论者提出佛山“委托”顺德管理的含义问题，但至今没有官方的解释。我的理解是，顺德区与新城同属正处级，在彼此平级的情况下，是否通过市委“委托”管理才比较合理？还有论者对财政上缴、土地指标、人事管理等表示担忧，但我认为这些技术性问题在公平合理的情况下，通过建设性的协商是可以解决的。值得深入思考的，是顺德区对新城能否管得住？而佛山市又能否不直接介入新城？这三方关系是否需要一个明晰的游戏规则？所以，新城与佛山市及顺德区三方关系的互动协调，事实上决定着新城与乐从的发展大局。

五、合并的启示

新城与乐从的合并，其影响已远远超越本身的区域。事实上整个顺德都应该从这个合并的过程中，进一步反思和总结近十年的发展问题。而最好的借鉴对象就是旁边的兄弟南海区。有些乐观的顺德人总是以自己的经济指标自我陶醉，但很多人已算出南海其实已经超越顺德。但我认为南海值得学习借鉴的地方不在其经济指标，而在于其发展模式。如果用“十年磨一剑”来形容南海，那么这把剑已开始锋芒显露。南海在这十几年间，已经打造出以桂城为核心的城市中心，以狮山为核心的产业中心，以及以西樵山为核心的文化中心。南海的经验在于，超越镇街的行政局限，推动跨区域的集聚发展，这种集聚一旦打好基础，就会进入一个快速发展的良好时期。反观顺德，基本上仍囿于以镇街为主导的专业镇格局，即使有若干支柱产业和若干工业园区，但未有强大的优势产业集聚发展区。在城市化发展规划上，的确做出了“一城三片区”的蓝图，但未能变成大刀阔斧的具体实践。

新城与乐从合并，其跨区域着力打造城市核心和产业高地的战略举措，能否给顺德原有的发展模式带来有力的冲击，这是值得深入研究的问题。

2013 年 12 月 18 日

简议顺德新一轮开放战略

在最近举行的区委全会扩大会议上，新到任的顺德区委书记提出顺德的开放战略，许多人包括我没有第一时间反应过来。顺德开放？顺德不是一直在开放吗！顺德由前世到今天的发达繁荣，全有赖于开放改革所致。新领导提出的“开放”究竟指什么？

一、问题：为什么提出“开放”战略

在大会小组讨论时，区书记亲自到我们代表团，并接住一位代表的发言，情不自禁地谈出了他的“开放”思路。总结起来，区书记的开放思想，实际上就是想打开顺德人的思想观念，打开周边城市发展对顺德辐射的大门，更好地利用外部资源；同时打开顺德镇街内部的发展壁垒，从而推动顺德发展。

如果说这就是顺德新领导心目中的开放策略，那么，过去顺德的开放又如何认识？现在提出的开放与过去顺德的开放又有什么区别？

要知道未来的路怎样走，不妨先回顾一下我们的路是从何而来。许多人都说，顺德的历史基因本身就包含开放，一部顺德史就是一部开放史，自鸦片战争以来是这样，改革开放以来也是这样，是开放造就了顺德，成就了顺德。这一点，我们毋庸置疑也无须赘言。那么，我们还需要开放什么，或者说我们哪里还没有开放或未够开放？

总结过去数十年的历史，顺德的开放最核心的是思想的开放和经济上的开放。思想上的开放最令人深刻的是首先接受香港电视，与港澳乡亲联络，并以此打通一个了解世界的窗口，上下思想焕然一新，工业立县战略、市场经济观念、政府服务意识、时间效率作风等，成为推进顺德改革发展的思想利器；而经济上的开放，主要体现为大规模的资源引入，即香港及外来的资本、广州和佛山及北方城市的人才、内地的劳动力等，顺德人则发挥其长袖善舞的经营才能，建立大批企业，大量生产轻工产品加工出口并占领当时尚属短缺的国内市场。20 世纪 80 年代到 90 年代是顺德的黄金时期，顺德以其经济上的杰出成就领先全国。纵观顺德的开放历程，顺德是中国开放的探索者，也是经济开放的受益者。

到 90 年代中后期，顺德推动产权改革和政府改革，顺德的发展进入调整期。新世纪之后大佛山的整合使顺德进入更为复杂的发展处境当中。最近十年的产业调整，使大量传统产业资源外流，而新兴产业又未能如愿成规模地进入顺德进行替代升级，顺德经济发展进入“平台期”，社会成本的日趋上升促使本地企业呈现两极分化态势，少数的“高大上”企业成为产业明星和市场“吸钱机”，但更为大量的中小企业则日渐艰难，后劲不济。

我相信，当今顺德经济发展出现的问题正是新领导提出开放的动因。因此，深刻分析目前存在的问题能使我们更好地理解现在提出的“开放”的含义。

简单地说，我认为顺德经济发展的根本问题是原来的外延扩张式的发展模式已经走到尽头，在日渐高企的综合成本压力下，大量传统产业难以为继，却又升级乏力，“高成本，低产出”的问题使很多企业走入恶性循环。科技创新、内涵发展的美好愿景对大多数中小企业来说遥不可及。而企业发展乏力带来了社会的连锁反应，近年顺德制造业税收增幅减少，就业压力增大，尽管各级政府依靠房地产收益和卖地收入能维系一时，但终将难以持久。针对这些问题，顺德区委在几年前就作出“城市化引领转型升级”的战略构想，意图以城市化战略带动产业转型发展，应该说这是正确无疑的，因为产业发展尤其是转型升级是一个系统工程，而城市化是实现这个工程的核心基础。但是，在实施城市化战略当中，顺德并没有真正确立城市化战略的准确目标和有效途径，城市化战略最后变成了“美城行动计划”，政府花费巨资改善了城市居住环境，却没有致力于改善企业发展升级所迫切需要的经济环境。

当前，推动顺德产业升级发展，仍然是顺德经济社会发展的核心课题，因而在发展指导思想上，我们应该坚定确立顺德“再工业化”的战略，确定以实业强区的思路，在吸取前几十年发展经验教训的基础上，重点围绕顺德的主导产业和潜力产业实施产业升级工程，全面推动顺德产业尤其是制造业的升级发展。在实施的策略上，应该把政府统筹、城市引领、载体再造、外引资源、科技推动、配套服务等方式同步推进，系统而全面地落实产业升级发展。

要完成这样的工程，就必须进一步推动开放和深化改革。因此，与几十年前的开放比较而言，当前的开放不是一般生产性资源的开放，而更多是智力资源和先进生产技术的开放；不仅仅是经济产业领域的开放，而更多是现代城市发展的全方位的开放；不仅仅是对粤港澳的开放，而更多是区域内外与国际化并举的开放；等等。顺德要以新的开放战略促进新的发展。

二、目标：瞄准国际资源的“开放”战略

顺德的产业升级发展既然是一个系统工程，我们就要从全局出发部署新一轮的开放战略，如果仅仅就开放来谈开放，结果难以预料。因为在历经开放发展几十年后，顺德已经成为中国的发达地区，在国内外都享有盛誉，也成为广东欠发达地区招商引资和要求扶贫的重点目标。顺德在实施新一轮开放过程中面对的问题是，如何保留重点骨干企业和优质企业？如何引入顺德迫切需要的优质的先进的资源？而这样就产生了以下问题：顺德需要什么资源？哪里有这些资源？怎样引入这些资源？

首先，我们看看顺德需要什么资源。在产业升级发展这个系统工程中，从微观角度分析，许多企业除了积累起一定资本外，大多数普遍存在科技创新能力弱、以中低档产品为主、生产环境差、人员素质低的问题；从区域而言，普遍存在产业链不健全，产业载体散乱，城镇规模小，交通网络不完善，文化教育配套不足等问题，而政府产业政策和产业服务也缺乏引领性、针对性和实效性。但同时，政府近年来不断加大对企业的各项监督管理和规范，加大了企业对社会各项事业的负担和成本，再加上国家近年经济环境的调整，使顺德企业的两极化和大多数生产性企业的贫困化日益凸显，迫使他们转入投机性行业或靠出租物业收益。

基于对顺德产业现状的认识，我认为顺德新一轮的开放不能是一般性生产资源的引入，而是先进生产技术和智力资源的引入，用这些资源改造提升顺德的传统制造业，同时发展新兴支柱性产业。

其次，我们看看哪里有这些资源。新领导无疑看到顺德发展的种种不足，所以提出开放的战略。然而，在珠三角乃至中

国境内，除了北上广等大城市外，能够为顺德发展提供先进优质资源的区域似乎不多，因为顺德本身已经处在相当领先的地位。现在我们提出顺德分别向广佛方向、南沙方向开放与融合，希望这些地区能够辐射顺德，这样的设想能否如愿，到最后究竟谁辐射了谁，的确难以估计。至少过去十年是顺德不断辐射了周边而很少受到外力的提挈。因此我们应该充分认识到，开放只是手段而不是目的，开放是为了集聚，是为了吸引更多的资源进入顺德，而不是相反。我们要做的，就是要着力建设更好的平台和环境，创造更多的商机，使顺德产生更强大的吸引力，再通过扎实有效的开放招引策略，让更多资源进入顺德。

如果把开放仅仅理解成与周边城市以及顺德内部镇街的协调联动发展，而不是着眼于优势资源的引入，那么这个“开放”的概念有较大的局限性，这种开放只能理解成区域内外的资源优化整合和协调发展，包括城市基础设施与交通网络的一体化建设。

如果把开放的目标瞄准了国际资源，其概念和策略就完全不同，那是一种新形势下更高层次的开放，这种国际化的开放将给顺德带来前所未有的资源和动力。可是，顺德为国际化的开放做好准备了吗？国际优势资源又凭什么要进入顺德？在这个意义上，如果当前顺德的开放是一种国际化的开放，那么顺德就要制定完全不同的发展战略和具体步骤，不断优化城市环境和产业环境，以期引入更多优质国际资源，在新的历史条件下继续推进顺德的发展大业。

三、规划：从“一城三片”到打造城市主轴线

我们知道，要吸引观众入座就得做一出好戏；同样，要通过开放吸引优势资源进入顺德，就得要有良好的商机和同样良好的

环境。我认为顺德的产业升级发展和城市化进程本身，就可以提供这样的条件，前提是我们要制定科学正确的规划，确定具有发展潜力和较好效益的项目，形成投资和发展的集聚平台，源源不断地吸引外来资源的进入和发展。

顺德首先要对原来的“一城三片”规划进行反思。

严格来讲，原来的三个片区的规划只是产业规划，它是基于原来专业镇时代的产业板块规划，而不是顺德整体城市化发展规划。更重要的是，这个规划已不适应当前的发展态势，主要原因有：一是产城融合的要求。顺德原有的产业形态、产业布局和生产方式必须与城市化的发展要求相融合相协调，而不能就产业而论产业，而要根据城市化要求进行改造；二是顺德区域内崛起了新的城市核心，比如佛山新城、北滘新城等，这些新核心将会在顺德区域内发挥引领作用，必须及时研究和规划；三是地铁时代的来临。交通网络的一体化将极大地加快顺德城市的一体化，进而极大地影响着顺德的资本和消费流向，影响着顺德人的生产和生活方式。这些新的变化要求顺德重新研究和制定新的发展战略和发展规划。

新的规划应该充分考虑到以下几点：一是城市发展一体化。顺德应该着眼于新的发展态势，及时研究确定顺德城市一体化的发展规划，包括对外融入广佛都市圈以及与南部的珠海江门连接，对内要把各镇街之间的交通连成立体网络。二是提升产业发展空间。首先要充分考虑支柱产业和新兴产业的发展空间，这些空间是顺德核心竞争力发展和促进开放引资的主要平台；还要考虑为顺德优质中小企业提供良好的发展载体。基于顺德目前的土地开发状况，其产业空间和载体的拓展提升只能着眼于现有镇村工业区的改造，并根据城市化的要求进行新的布局调整，因此顺德的“三旧”改造工作至关重要而又迫在眉睫。三是满足城市功能和推动文化特色的发展。顺德要成为一个创业与宜居相结合、物质消费和精神享受相融合的城市，就必须在城市功能设计和城市文化发展上有全局观念，要超越镇街的各自局限进行全区的统筹谋划和协调推进。

根据以上的分析，我认为顺德新的城市发展规划可以用“线性规划”改善原有的“片区规划”，从简单的三个片区划分调整为规划打造顺德城市主轴线，把各片区和镇街联结起来，用主轴线战略带动城市、产业和文化资源的整合。这样做既发挥原有片区和城镇的优势，又通过主轴线把全区连成一体。

结合顺德现状和未来交通网络特别是地铁的走势，我觉得可以优先考虑沿105国道从北向南进行规划，打造顺德东部城市主轴线，利用广佛连通顺德的地铁线路所带来的巨大人流和商流，利用佛山新城、北滘新城和顺德新城为核心带动，结合沿线城镇发展项目以及上盖站点建设，规划推进沿线的城市设施、产业总部、商业载体、文化场馆和房地产建设，并乘势对沿线相关旧厂区、旧村落进行“三旧”改造，为新兴产业和外引资源拓展新载体，从而形成顺德发展的新一轮高潮。另外从长远来看，顺德西部原325国道沿线也很可能会延伸地铁线路，因此在规划上也要将该路线作为顺德的另一条城市主轴线，从而形成顺德的东西两轴，这些轴线将串联成珠，最终使顺德形成一个完善的城市轴线体系，推动顺德的城市建设和发展走向一个新的时代。

顺德乐从

2015年2月17日

今天我的眼睛饱含泪水

——纪念中国抗战胜利70周年夜记

写下这个题目时，我的内心仍然很不平静，眼泪又一次悄悄涌上眼眶。今天是中国首次举办抗战胜利阅兵纪念活动，像亿万中国人一样，像我的许多同事和朋友们一样，我早早就守在电视机前，从早上看到午夜，到凌晨都不愿睡觉。我关注这样一个重大的活动，除了要看看活动的盛况，观赏其精彩画面和了解有关信息，其实内心还渴望着一种东西，这种东西到现在才想清楚，那就是渴望一次心灵的冲击和洗礼，渴望一场痛快的泪崩。是啊，我们都憋得太久了！

是民族苦难的回忆冲破了我们内心情感的防线。

应该说，一个民族的历史越久远，她所累积的辉煌和苦难也越多。而中华民族作为一个历史久远的民族，所经历过的大大小小的各种苦难，都不能与近代以来所遭受的苦难，其损害之大和屈辱之深可以相比较！在这些苦难当中，又以日本人从甲午战争到全面侵华所强加给中国人的深重灾难为害最烈！当那些失去家园的东北同胞唱起《松花江上》，当南京30万人惨遭杀戮蹂躏的情景一再浮现，这种惨绝人寰的民族苦难怎不会勾起你至深至痛的泪水呢！

有人说多难可以兴邦，我说不一定！日本处心积虑的侵华战略，如果从丰臣秀吉开始，已经确立了几百年。明治维新使日本超越中国，也使他们扩张野心膨胀。我们浴血奋战14年，如果后来没有纳入世界反法西斯战争，光凭中国自身的力量，我们还不知道最后是否如今天这种结局。从历史上看，有些多难的民族最后扛不住的，已经彻底从历史上消失了！在这点上中国是幸运的，抗战中我们焕发起强大的民族凝聚力和牺牲精神，也得到外部力量的有力帮助从而赢得胜利！抗战胜利到今天已过了70年，从经历抗战那代人到今天已过了三四代，许多人选择了铭记和接受教训，但也有人选择了淡忘和享乐。在上世纪七八十年代中日友好时，有些人对日本推崇备至。经过近三十年的高速发展，中国的经济总量超过日本后，又有人逐渐对之松懈乃至轻视。直到近年“钓鱼岛事件”和日美同盟的张狂，才又一次激起了我们民族的义愤。如果说中国如同一只大象，其庞大的体型使他容易自信轻敌，特别是在渡过难关后就容易回复其涣散享乐的日子。但日本自近代以来就如同一只恶狼一般，一直死死地盯着中国这个庞然大物，一有机会就会咬过来。日本作为一个岛国，它要实现扩张发展，只能把矛头对准中国这片广袤的大陆。因此，只要日本不改变其固有的扩张战略，对中国而言其战略对立的格局会一直存在，更何况它后面还有一个山姆大叔撑腰。中国要有长久的危机意识，不然我们历经的苦难会再次重演。中国要牢记历史教训强国强军，才能实现多难兴邦！

当然，今天的泪水还有胜利的泪水，憧憬的泪水！

历经14年抗战，我们以牺牲3500万人的巨大代价赢得胜利，当破碎的山河重回中华民族的怀抱，当和平的阳光再次照耀这片古老的大地我们的家园，当胜利的歌声和呐喊响彻祖国云霄，当我们以不屈不挠换来的胜利告慰华夏祖先，我们这些子孙怎能不痛痛快快地让泪水奔流呢！

当战火熄灭，我们一边医治创伤，一边也要反思自己。中华民族是一个善良的民族，即使自己在最为强大的时候，也是选择以“和”作为与邻相处的哲学，我们曾毫不吝啬地把自己优秀的智慧和文化分享给周边的国家特别是日本，在邻居困难的时候义无反顾地给予无私的帮助如朝鲜越南，在双方有争执的时候作出最大的宽容和让步如印度缅甸，中国人与周边邻居友好相处逾千年。但是，近代以来西方列强挟坚船利炮对中国进行殖民掠夺欺凌残害，与我们“和”的处世哲学产生严重的冲突，我们的道德和正义无法战胜技术先进的海洋大盗，我们败下阵来！而日本正是踏着西方列强的队列进一步加害中国以谋求利益的。因此善良并不能保证自己保有利益和赢得尊严！

中国又是一个大国，她很早以前就建立起一个强大的专制政权，威加海内八方来朝，但王朝强有力的统治往往是建立在对国民严苛的管治和压迫之上的。当家族相传的王朝君主越来越孱弱无能，当学而进仕的官僚组织越来越庞大贪婪，成千上万的劳苦大众只能选择离心涣散或者逃亡反抗，这样的国弱民穷官逼民反又怎可能打造强国强军呢！因此，自宋元明清到西方列强入侵，无一不是由于内政腐败而导致国家屡战屡败！总结历史，我们既要有看清自身症结的能力，更要有自我革新前进的勇气。

今天，我们用胜利的泪水洗刷耻辱，更要用清晰的眼界看清眼前的迷障。当习主席振臂高呼三个“必胜”时，我深信不疑，因为那是终极的真理。毕竟“正义、和平和人民”是历史发展的大势和主流，这不是某些外国政党和局部利益所最终能够左右的。

回首过去，70 年前的历史悲剧足以让我们警醒，我们要改变自我固守的一厢情愿的外交观和世界大同观，“和”必须要有“强”来支撑，“让”必须要以“取”为前提，“守”必须要用“攻”来实现。只有胜利者才能赢得尊严！同样，我们要理清所谓“一盘散沙”的所谓民族性，要知道造成这种民族性的原因不在国民而在统治者，当统治者一味以苛政压榨人民的时候，当人民不享有正当的公民权利的时候，无条件要求他们作出牺牲是不道德的，也是难以为继的。公民的民权是一个现代国家赖以发展繁荣的基石，也是凝聚国家民族向心力的基础，更是一个国家强国强军的力量源泉，因为他们自己就是国家，保卫国家就是保卫自己，这样的军队将战无不胜。

我们党是抗战胜利的中流砥柱，也是我们今天欢庆胜利的历史主角，但在中国走向世界这个前所未有的挑战中，我们党还会有许多困难和问题，只要我们始终以人民利益为根本宗旨，以强民强国强军为根本目标，进一步激发全国人民的团结力量，必将能实现中华民族的伟大复兴。

佛山禅城

2015年9月3日深夜

看到了方向看见了美

——《流水·行舟》之题外

卓琼梅

你应该是在英雄河畔，安放鼓架
催动行舟的——
你说是使命让你吟哦呼唤，上下求索
四处奔走，主动出击的
你说是热爱让你彻夜难眠，思接千载，
神游八骛，激扬文字的
于是，鼓点落处，一阕顺德风云
华夏春韵时代命题赤子心语
奔涌而出，响遏行云！
于是，乐从雅舍里，一桌清丽小品
盛世宣言哲思好辞精神之宴，
精心烹制，香气四溢！

《龙行天下》是合唱
是战鼓，是协奏！
勇士、智囊、领队、教练、助力的乡亲
群像齐现，人头攒动，呼啸呐喊！

在汗水与江水与泪水相飞溅的画卷中，
你始终敲击着不变的旋律——
你要为面色黝黑朴实坚韧的顺德农民龙舟队树碑立传
你要为殚精竭虑玉汝于成的教练领队智囊们描形绘神
你要为豪气干云热心桑梓的海外乡亲企业家们点个赞
更要为流传千年适逢盛世更强更活跃的龙舟文化
来个乐从记录，顺德烙印！
为此，你声嘶力竭，行色匆匆
为此，你张目四望，运筹帷幄
为此，你文不加点，倚马可待
我们看你，就像看
那艘劈波搏浪拼命往前冲的龙舟！

《四季心语》是素描
是长卷，是中国画！
无忧无虑的童年、终将逝去的青春
春雾与秋意，大师的境界，平民的风采
这流淌在岁月里的美与暖
硬是让你一笔一笔地濡染上了蔡式思辨的色彩
无意间让你画出了你所栖身的这个时代
看见了那株木棉了吗？
你从童年爱到中年
仅仅因为她是族群的地标？！
看见了那辆自行车吗？
你从春天一直踩到了夏末
居然踩出了一条心灵选择之道
还会踢得通济桥的水马吗？

你从正月十五行到了十六
一不小心呀露出了藏了几十年的童心。
我们说你，就是小时候的同桌
相识的朋友同行的旅伴！

《顺德思维的长短板》是清茶
是美酒，是满汉全席！
你知道顺德城市转型升级是个系统工程
你拿起了庖丁的刀子
神遇目视，心明肌理
你用思辨下潜中国历史的深水区
打捞起湮没千年的规律
你以真诚为茶叶，让顺德人清心醒脾，
发现自己思维中的短板
你用年华作酒曲，酿出一樽
学习是人生最好的修行的美酒
够香、够厚、够醇、够浓烈！
让徘徊在现代化门前的人
让所有循着时间的河流上溯的行者
看见了幽微，看清了方向！
文以载道，你呼唤着践行着！
我们的目光与你相遇，仿佛那个先忧后乐的范希文
站到了陈家祠前！

你冥思苦想，你轻言慢语，
你嘈嘈切切，你振臂高呼
在历史与现实

在乡土文化与国际机遇之间
游走穿越，寻觅突破！
你不想浪费生命赋予人的思考机会
你想把你的成长，你行走四方的见闻
你对梦想追寻告诉你的邻居
你的朋友　你的族群——
哦～哦，未来的路，也许是这样走的。
啊，前方的景，是这样美丽而辽阔！
喜吟，需要才情，
岁月流转，星空秋水，举目成韵
这是诗人！
肯做，需要功力，
儒道兵易合酿一埕
经史子集炼于一炉
这是学者！
敢说，需要胆识，
仰不愧于天，俯不怍于人
这是真汉子！
能弹，需要底气，
宫商角徵羽五音相和。
这是大手笔，更是正能量！

2015 年 7 月 5 日